Das Feuerauge von Neuenburg

Lena Feiertag

Das Feuerauge von Neuenburg

Krimi/Thriller

Impressum

Bibliografische   Information   der   Deutschen
Nationalbibliothek:
Die Deutsche Nationalbibliothek verzeichnet diese Publikation
in   der   Deutschen   Nationalbibliografie;   detaillierte
bibliografische Daten sind im Internet über http://dnb.dnb.de
abrufbar.

Herstellung und Verlag: BoD – Books on Demand,
Norderstedt

ISBN: 978-3-75-579446-2

„Unsere Wünsche sind Vorgefühle der Fähigkeiten, die in uns liegen, Vorboten desjenigen, was wir zu leisten imstande sein werden!" (Johann Wolfgang von Goethe)

Ein großer Dank geht an meinen Freund, der mich immer bei diesem Projekt unterstützt hat!

EINS

Seit kurzem wohnt die 17-jährige Freya in dem kleinen Dorf namens Neuenburg. Ihre Mutter hatte nach dem Tod von Freyas Vater einen neuen Partner gefunden. Morgen steht für sie der erste Schultag in der neuen Schule an. Über diese weiß Freya kaum etwas, nur, dass sie sehr klein ist und jeder jeden kennt. Das ist sie gar nicht gewohnt, denn sie hat vorher in einer Großstadt gelebt. Vermutlich wird es hier ein sehr langweiliges Leben werden, da es hier nichts gibt, wo man als Jugendliche etwas unternehmen könnte.

Ihr Kopf dröhnt, als sie um 7 Uhr aus dem Bett steigt. Sie greift zu ihren neuen Klamotten, die aus einem bordeauxroten Pullover und einer Jeans bestehen. Um nicht direkt am ersten Tag zu spät zu kommen, schnappt Freya sich im Gehen einen Apfel und verlässt frühzeitig das Haus. Die Schule ist nur 2 Kilometer entfernt, sodass sie mit dem Fahrrad fahren kann. Als sie die Garage mit ihrem Fahrrad verlässt, sieht sie beim Nachbarshaus einen

Jungen, den sie auf ihr Alter schätzen würde. Dieser wirkt schüchtern, da er nur schwarze Kleidung trägt und sich seine Kapuze ins Gesicht zieht, so als wenn er nicht möchte, dass ihn jemand erkennt. Freya befasst sich nicht weiter mit ihm, sondern fährt los in Richtung Schule.

Vor der Schule angekommen würde sie am liebsten sofort wieder umdrehen und nach Hause fahren. Alle Schüler tragen ältere Kleidung und grüßen jeden der an ihnen vorbeikommt. Unvorstellbar, für jemanden der in der Großstadt aufgewachsen ist. Ohne groß beachtet zu werden betritt sie das Schulgebäude und sucht den ersten Raum, in dem sie gleich Mathe Unterricht hat.

Von der kleinen Eingangshalle gehen vier Gänge ab, die nicht beschildert sind. Darum macht sich Freya auf die Suche nach dem richtigen Flur mit ihrem Klassenraum. Im dritten Gang findet sie Raum 13, den Raum in dem sie jetzt Unterricht hat. Obwohl sie nicht zu spät ist klopft sie an, bevor sie den Raum betritt. Dadurch gehen alle Blicke in ihre Richtung, doch sie scheinen voller Desinteresse zu sein. Beim Überblicken des Raumes sieht sie nur einen freien Platz auf den sie sich setzt. Alle anderen Tische sind mit etwa 13 Schülern belegt. Neben ihr sitzt ein Mädchen, welches aussieht wie eine Anführerin einer beliebten Clique. Das macht Freya an der Schminke und dem speziellen Verhalten aus. Kurz nachdem sie sich hingesetzt hat, geht die Tür auf und ein jung aussehender Mann kommt rein. Alle werden sofort still, woraus Freya schließt, dass es ihr Mathelehrer sein muss. Die Stunde verlief gut, weil Freya das Thema schon von ihrer alten Schule kennt. Das weckt Freude in ihr, da sie so eine gute Note bekommen kann, obwohl ihr Mathe sonst nicht liegt.

In der ersten Pause begibt sie sich auf eine Reise durch die Schule. Sich ohne Schilder zu Recht zu finden ist gar nicht so einfach, trotzdem hat sie die Cafeteria gefunden. Sie besteht aus mehreren kleinen Tischen, an denen verteilt kleine Gruppen sitzen, außerdem gibt es eine Theke an der man sich Essen und Trinken kaufen kann. Freya durchquert den Raum und setzt sich an einen freien Tisch in der Mitte des Raumes. Von dort aus beobachtet sie das rege Treiben während der Pause. Beim Umherschauen bleibt ihr Blick an einem Schüler hängen, der in einer versteckten Ecke steht. Es ist der Nachbarsjunge, den sie heute Morgen schon gesehen hat. Wahrscheinlich ist es kein Zufall, dass sie ihn auf dieser

Schule sieht, denn es gibt nur eine Schule im Umkreis von Neuenburg. Sie macht sich keine weiteren Gedanken dazu, denn vor der nächsten Stunde muss sie auf jeden Fall noch die Toiletten finden.

In der nächsten Stunde ist nichts Besonderes passiert, so wie es oft in der Schule ist. In der zweiten Pause nimmt sich Freya den Pausenhof vor, um ein wenig frische Luft zu bekommen. Es fühlt sich an wie ein Park, überall stehen Bäume und Bänke mit ausreichend Mülleimern. Das Dorf scheint viel Wert auf die Unversehrtheit der Natur zu legen, was Freya positiv auffasst, das hatte sie in der Großstadt immer gestört, dass es kaum grüne Gegenden gab. Durch die Mitte verläuft ein Kiesweg, den sie entlang läuft, damit sie auch den hinteren Schulhof erkunden kann. Am Ende taucht ein kleines Gewächshaus auf. Wie es wohl von innen aussieht?

Um dies zu erfahren geht Freya auf die Eingangstür zu. Der Türgriff fühlt sich kühl an und lässt sich nicht nach unten drücken. Scheinbar ist das Gewächshaus abgeschlossen, damit die Schüler nicht einfach hineingehen können und dort Quatsch machen können. Um dennoch einen Blick hineinwerfen zu können geht sie zu dem nächstgelegenen Fenster. Es ist sehr hoch, sodass Freya sich auf die Zehenspitzen stellen muss, um überhaupt etwas zu erkennen. Es wimmelt nur so von bunten Farben: rote Rosen, gelbe Narzissen, weiße Orchideen und sogar ein paar kleine Bäume befinden sich im Inneren des kleinen Gebäudes.

«Was machst du denn da? « ertönt eine männliche Stimme hinter ihr.

Freya fühlt sich erwischt und dreht sich mit einem rot gewordenen Gesicht um und blickt in das Gesicht von einem rothaarigen Jungen, der mit ihr im Mathe Unterricht saß. « Ähm ich bin neu hier und wollte wissen was hier drin ist«, stammelt sie. «Kannst du mir sagen wer sich um die Pflanzen kümmert? « «Du wirst es vermutlich nicht glauben, ich wollte es anfangs auch nicht glauben, unser Mathelehrer leitet eine Garten-AG in der er sich mit den Schülern um das Gewächshaus und auch um den Schulhof kümmert. Wenn du magst zeige ich dir noch Weiteres von der Schule, du scheinst ja sehr neugierig zu sein, « grinst er sie freundlich an. «Klar gern, dann finde ich mich vielleicht auch mal zurecht. Aber vorher möchte ich noch wissen wie du heißt? Ich bin übrigens Freya, aber das weißt du sicher noch vom Vorstellen heute Morgen. « «Freya… Das ist ein seltener Name. Ich heiße Felix. Komm mit ich zeige dir das Highlight der Schule. «

Mit schnellen Schritten geht er zurück zum Schulgebäude. Dort angekommen führt er sie durch den Flur in die Eingangshalle und von dort aus in die Aula. Freyas Augen werden so groß, als würde ein Kind einen Hundewelpen geschenkt bekommen. «Wow «, vor ihr erstreckt sich eine liebevoll gestaltete Aula mit einer riesigen Bühne. Sie besteht aus einem hellen Holzboden und einem roten Vorhang, der zurückgeschoben ist. Auf der gesamten Bühne stehen Pflanzen, die bestimmt von der Garten-AG stammen. «So eine Schul-Aula habe ich noch nie gesehen, Wahnsinn! Wozu wird sie denn genutzt? « fragt Freya ihren Begleiter. «Für alles Mögliche, Abschlussfeiern aber auch Wettbewerbe oder Theaterstücke. « Es ertönt ein dunkel klingender Gong. Das ist das Zeichen dafür, dass die beiden sich zum Klassenraum begeben müssen, da die letzte Stunde anfängt.

Endlich ist der erste Schultag geschafft. Freya geht zu den Fahrradständern, wo sie auf Felix trifft, der sie fragt in welche Richtung sie muss. «Ich wohne in der Nähe vom Burgwald, warum? « «Oh das passt, ich muss auch in die Richtung, dann können wir zusammen fahren, vorausgesetzt du möchtest das überhaupt. « Nach wenigen Minuten gemeinsamer Fahrt bleibt Felix vor einem Holzhaus stehen. «Hier wohne ich mit meiner Mutter, dann weißt du wo du mich finden kannst, falls du dich nochmal verirrst, « witzelt Feix. Lachend verabschieden die beiden sich und Freya fährt das letzte Stück zu sich nach Hause.

Dort wird sie schon von ihrer Mutter und dem Mittagessen erwartet. Ihre Mutter möchte natürlich direkt wissen wie der erste Schultag war. «Erst dachte ich es wird schrecklich, doch dann habe ich Felix kennen gelernt. Er wohnt hier in der Nähe in dem Holzhaus. Freundlicherweise hat er mir die Schule gezeigt und mich auf dem Heimweg begleitet. Wie war dein Arbeitstag, hattest du viele Einsätze? « «Zum Glück waren es wenige Fälle, dafür war ein Autounfall dabei. Und was ein Zufall, die Polizei musste dazukommen und weißt du wen ich dadurch kennen gelernt habe? Die Mutter von Felix.«

Den restlichen Tag verbringt Freya damit in den Burgwald zu gehen und die Umgebung zu erforschen. Der Wald ist sehr dicht und besteht aus vielen großen Bäumen, wie Eichen und Birken. Nach einem Fußweg von zwanzig Minuten gelangt sie an eine Lichtung an der eine kleine Burgruine steht. Jetzt macht der Name des Waldes auch Sinn. Da Freya nicht weiß wem die Burg gehört traut sie sich nicht hinein zu gehen. Weil es langsam anfängt zu dämmern geht Freya zurück, um sich nicht in dem Wald zu verlaufen. Nach einem warmen Bad geht sie schlafen und ist glücklich, dass sie am nächsten Tag nicht alleine in die Schule gehen muss.

« Na wie hast du die erste Nacht in deinem neuen Zuhause geschlafen? « begrüßt Felix Freya an der Schule. «Mein Schlaf war, dank der Ruhe, so gut wie noch nie. Achja sag mal weißt du ob die Burg im Wald jemandem gehört? Ich habe sie gestern Abend entdeckt. « «Ja das ist eine traurige Geschichte. Vor ein paar Jahren hat hier ein Mann gelebt, der hier niemanden hatte, da seine Frau schon vor längerer

Zeit verstorben ist. Sein ein und alles war seine Burg, die er restaurieren wollte, um dort einzuziehen. Doch eines Tages fing es an in der Burg zu brennen, während er drinnen am Arbeiten war. Leider hat er es nicht mehr aus der Burg geschafft und ist verbrannt. Laut meiner Mama, die Polizistin ist, handelte es sich um Brandstiftung, die durch spielende Kinder entstand. Seitdem ist es eine Ruine, die niemanden gehört, da es keine Erben gab. «

«Das ist wirklich traurig und schrecklich. Lass uns zum Unterricht gehen sonst sind wir noch zu spät. « Im Mathe Unterricht fangen sie ein neues Thema an, welches für Freya sehr kompliziert aussieht. Nach der Stunde fragt sie Felix, ob er das Thema verstanden hat und ihr Nachhilfe geben kann. Er sagt zu und bietet an, dass sie direkt nach der Schule bei ihm lernen können. Dankend nimmt Freya sein Angebot an.

Wie besprochen fahren die beiden nach der Schule zu Felix. Beim Betreten des Hauses stürmt ein Junge auf Felix zu und begrüßt ihn voller Freude. «Na mein Kleiner, konntest du es nicht mehr erwarten bis ich wieder da bin?« erwidert Felix. Als Antwort erhält er eine starke Umarmung des Jungen. Anschließend gehen Freya und

Felix in sein Zimmer. «Ich wusste gar nicht, dass du einen kleinen Bruder hast, er ist total süß. « «Ja das ist er, er bedeutet mir die Welt und ich würde alles für ihn machen. Er heißt übrigens Liam und ist sieben. « Während er weiter von seinem Bruder erzählt, kramt er seine Mathe Sachen hervor. Nach einer Stunde lernen lässt die Konzentration von Freya nach, was Felix nicht entgeht.

«Ich glaube das reicht für heute. Sollen wir noch zur Burg gehen und ein paar Fotos machen? « Freya findet die Idee gut, so machen die beiden sich fertig und gehen nach draußen.

Nach wenigen Minuten mit dem Fahrrad sind sie schon da und machen sich zusammen auf den Weg zur Burg. Die Sonne scheint und es ist nicht zu warm oder zu kalt. Auf dem Weg zur Lichtung entdecken sie einige Rehe, die scheu wegrennen. An der Burg angekommen suchen die beiden eine geeignete Stelle für die Fotos. Vor dem Turm der Burg steht eine selbstgebaute Bank aus dunklem Holz. «Setz dich mal auf die Bank und schau in Richtung Sonne. Das könnte mit dem Licht sehr schön aussehen. « Freya schließt ihre Augen und genießt die warmen

Sonnenstrahlen auf ihrer Haut. Auf einmal kitzelt es Freya an ihrem Arm, doch bevor sie nachgucken kann was sie kitzelt hört sie Felix Stimme. «Halt bitte ganz still! Das wird ein schönes, spontanes Foto. « Ohne zu fragen, worum es sich handelt, befolgt sie seine Anweisungen und vertraut ihm da voll und ganz. «So fertig, du kannst wieder aufstehen, dann zeige ich dir die Fotos. « «Wow, wie schön sie geworden sind. Du kannst total gut fotografieren. « Auf einem Foto sitzt ein zierlicher Zitronenfalter auf Freyas Arm. Ihn hatte sie also gespürt. «Danke, du warst aber auch ein schönes Fotomodell. « So geschmeichelt wie Freya ist, findet sie gar keine Antwort darauf. Stattdessen geht sie um die Burg herum, um sie von hinten zu begutachten. Ihr Blick schweift über die umherliegenden Bäume. Was ist denn das?

Das kann doch nicht wahr sein!

ZWEI

Hinter einem Baum sieht sie erneut den Nachbarn. Er trägt wieder seine schwarze Kleidung und ist daher nur schlecht zu sehen. «Felix schau mal zu dem Baum schräg hinter der Burgmauer. Siehst du auch den Jungen dort stehen? Ich habe ihn jetzt schon oft gesehen, dabei hat er sich immer zurückgezogen und war ständig dunkel angezogen. Das finde ich seltsam, « flüstert Freya Felix zu. Er blickt in die von Freya beschriebene Richtung und antwortet leise: «Ja ich sehe ihn. Das ist komisch, dass er sich hier herumtreibt. Ich kenne ihn auch nur vom Sehen und kann dir leider nichts zu ihm erzählen. Lass uns lieber zurück gehen es ist schon spät. « Mit einigen Fragen ihm Kopf geht Freya gemeinsam mit ihrem Begleiter zurück.

Wer ist dieser Junge? Warum trägt er nur dunkle Kleidung und warum sieht Freya ihn so oft während er sich scheinbar versteckt?

Vor Freyas Haus verabschieden sich die beiden. Vorher tauschen sie noch ihre Nummern aus, damit Felix Freya die Fotos vom heutigen Tag schicken kann.

Felix: Es war sehr schön mit dir. Danke für den tollen Spaziergang! Hier noch die Fotos.

Freya: Sehr gerne! Danke dir für die Nachhilfe und Fotos. Wir müssen unbedingt nochmal etwas zusammen unternehmen.

Felix: Auf jeden Fall! Ruhe dich jetzt am besten aus, morgen steht wieder Mathe auf dem Plan.

Mit einem Grinsen auf dem Gesicht legt Freya ihr Handy auf den Nachttisch und schläft glücklich ein.

Ein paar Tage später kann Freya ausschlafen, denn es sind Ferien. Durch die Sonnenstrahlen, die durch die schmalen Schlitze der Jalousien fallen, wird sie wach.

Ganz entspannt geht sie nach unten in die Küche und macht sich ihr Frühstück fertig. Dies nimmt sie mit auf die Terrasse, auf der sie sich in die Sonne setzt. Sie fragt sich wie spät es ist und schaut auf ihr Handy um nachzusehen. Es ist schon 9 Uhr. Zufällig blinkt gerade eine Nachricht von Felix auf, die Freya direkt öffnet.

Felix: Guten Morgen, hättest du Lust mit mir zum See zu fahren und schwimmen zu gehen? Ich dachte das wäre eine super Idee bei dem warmen Wetter.

Freya: Na klar habe ich Lust! Ich bin dann so gegen 10 Uhr bei dir.

Nach dem Frühstück zieht Freya sich ihren Bikini unter ein T-Shirt und einer kurzen Hose. Man könnte meinen, dass es anstatt Frühling schon Sommer ist. Freya schnappt sich ihren Rucksack und verstaut ein paar Äpfel, Weintrauben und eine Flasche Wasser darin. Felix wartet überraschend schon vor dem Haus auf sie, sodass sie direkt losfahren können. Felix erklärt Freya, dass sie mit dem Fahrrad dreißig Minuten fahren, da der See in einem Naturschutzgebiet außerhalb des Dorfes liegt.

Dort angekommen legen die beiden eine Picknickdecke auf die kleine Wiese vor dem See. Felix zieht sich seine Klamotten aus und wartet bis Freya auch soweit ist. Dann nimmt er sie an die Hand und zieht sie in den See. Freyas Beine schmerzen im ersten Moment. Nach wenigen Minuten fühlt sich das Wasser erfrischend kühl und nicht mehr eiskalt an.

Felix hat einen Ball mitgenommen, mit dem die beiden ein bisschen hin und her werfen. Irgendwann sind sie davon so erschöpft, dass sie sich auf die Picknickdecke setzen, um etwas zu essen und zu trinken.

«Wie war es in der Großstadt eigentlich so? «, fragt Felix währenddessen. «Es ist ganz anders als hier in einem Dorf. Hier kennt sich jeder. In der Stadt läuft man jeden Tag vielen Leuten über den Weg, die man nicht kennt. Wobei meinen Nachbar scheint hier niemand zu kennen. « «Das stimmt, ich kenne niemanden der weiß wer dieser Junge ist. Aber ist ja auch egal, lass uns noch ein bisschen

Spaß haben und nochmal in den See springen. « Die beiden toben und spritzen sich mit dem kühlen Wasser ab.

Nach einiger Zeit kommt Felix näher zu Freya und streicht ihr über ihre Nase. «Ich habe noch nie einen Menschen kennen gelernt mit dem ich mich so schnell so gut verstanden habe. Du scheinst ein einzigartiges Mädchen zu sein. « Freya wendet ihren Blick von Felix ab. Sie spürt seine Hand an ihrem Kinn. Seine Hand lenkt ihr Gesicht wieder in seine Richtung. Ehe Freya etwas sagen kann spürt sie seine weichen Lippen an ihren. Damit hat sie nicht gerechnet, lässt es trotzdem einfach auf sich zukommen. Automatisch schaut sie Felix danach mit einem breiten Grinsen an. «Sorry, ich hoffe ich habe dich nicht zu sehr überrumpelt, aber ich finde es war gerade der richtige Moment dafür, « entschuldigt Felix sich sofort. «Alles gut, ich fand es sehr schön. « Hand in Hand verlassen sie den See und machen sich auf den Weg zurück ins Dorf.

In den nächsten Tagen verbrachten Felix und Freya noch viel Zeit an dem kleinen See, so auch heute. Gerade als sie sich auf die Decke legen, um sich gegenseitig aufzuwärmen, klingelt Felix Handy. «Es ist meine Mama, da muss ich ran gehen. «

«Hi Felix, komm bitte sofort nach Hause! Liam ist nicht mehr im Garten. Ich habe ihn schon überall gesucht, aber finde ihn nicht. Du musst mir helfen ihn zu suchen. «

«Shit, ich komme sofort, es dauert aber. Ich bin gerade noch mit Freya beim See. Bleib ruhig, ich beeile mich! «

Freya sieht Felix an, dass er besorgt ist. Er runzelt die Stirn und lacht nicht mehr, obwohl er sonst ein Mensch ist der pausenlos lacht. «Was hat deine Mama gesagt? «, erkundigt sich Freya direkt. «Liam…er…er…ist verschwunden! Ich muss ihn suchen gehen! « «Oh nein! Ich helfe euch selbstverständlich. « Während Freya dies sagt räumen sie schnell die Sachen ein, sodass sie ganz schnell losfahren können, um keine Zeit zu verlieren.

<u>DREI</u>

Bei Felix angekommen werden sie schon von seiner Mutter erwartet, die verzweifelt durch die Küche läuft. «Ganz ruhig Mama, wir suchen ihn jetzt nochmal und finden ihn bestimmt, « versucht Felix seine Mutter zu beruhigen. Schnellstmöglich gehen alle nach draußen und teilen sich auf. Felix Mutter geht in Richtung Dorfmitte und Freya und Felix begeben sich in Richtung Dorfausgang.

«Liam bist du hier irgendwo? Liam! «, immer wieder ruft das Paar seinen Namen, doch es kommt keine Antwort. Mittlerweile sind die beiden schon beim Burgwald angekommen und haben immer noch keine Spur von Felix kleinem Bruder entdeckt. «Felix, ich glaube es macht keinen Sinn in den Wald zu gehen, dort wird Liam nicht sein. « Enttäuscht gehen sie wieder zurück und machen sich stärkere Sorgen als zuvor.

Beim Zuhause von Felix angekommen, treffen sie seine Mutter wieder an. Sie sitzt mit gesenkten Schultern im Wohnzimmer. Scheinbar hat sie auch keinen Anhaltspunkt auf den Aufenthaltsort von Liam gefunden. Felix fällt seiner Mutter in die Arme, für einen kurzen Moment ist auch er nicht so stark, auch wenn er es sonst immer für seine Familie ist. Da Freya sie in dieser Situation nicht alleine lassen möchte, schreibt sie ihrer Mutter eine kurze Nachricht, dass sie bei Felix übernachtet. Es ist sehr spät geworden, also gehen sie alle ins Bett und versuchen trotz des Schreckens einzuschlafen.

Am nächsten Morgen ist Liam immer noch nicht wieder aufgetaucht, somit bleibt die Frage bestehen:

Wo steckt Liam und ist ihm etwas zugestoßen?

VIER

Die restlichen Tage der Ferien konnten die beiden somit nicht mehr genießen. Am ersten Morgen an dem wieder Schule ist, holt Frey Felix bei ihm Zuhause ab. Unter seinen Augen sind tiefe, dunkle Augenringe und er hat sich irgendwelche Klamotten angezogen, die gar nicht zusammen passen. «Na Schatz. « Freya gibt ihm zur Begrüßung einen Kuss. Gemeinsam fahren sie die letzten Minuten bis zur Schule.

Vor Ort erwartet sie eine Menge von Schülern, die von dem Verschwinden mitbekommen haben, so wie es in einem kleinen Dorf üblich ist. «Freya, lass uns schnell reingehen, ich möchte nicht mit ihnen über die Sache sprechen, « bittet Felix Freya. Natürlich hört sie auf seine

Bitte und wehrt die vielen Fragen ab, sodass sie schnell zum Klassenraum gehen können.

In der ersten Stunde haben sie Mathe Unterricht bei Herr Winter. Sein erster Blick geht zu Felix und sieht sehr emphatisch aus. Doch er sagt nichts, sondern fängt ganz normal mit dem Unterricht an. Während der Stunde schaut er immer mal wieder zu Felix. Es scheint ihm unangenehm zu sein. Er möchte keine Aufmerksamkeit bekommen und mit diesem Thema in Ruhe gelassen werden, zumindest in der Schule.

In der ersten Pause kommt ihnen ihre Klassenlehrerin entgegen und stoppt die beiden. «Ach Felix gut, dass ich dich treffe. Ich wollte in Ruhe mit dir reden. Magst du einmal mit in den Klassenraum kommen? « «Ja klar. Freya, warte einfach draußen auf mich, ich komme dann nach. « Freya blickt ihnen kurz hinterher und begibt sich dann nach draußen in den Pausenbereich.

Nach wenigen Minuten kommt Felix schon wieder aus dem Schulgebäude heraus und geht zu seiner Freundin. «Und was wollte Sie von dir? «, fragt Freya ihn neugierig.

«Sie wollte mit mir über Liam sprechen und hat mir angeboten, dass ich ein paar Tage zu Hause bleiben kann, wenn es mir lieber ist. Das möchte ich aber nicht, ich muss doch die Schule schaffen. « «Wenn du das so möchtest mache es so. Ich werde dich immer unterstützen, egal wofür du dich entscheidest. « Die restlichen Stunden gehen erstaunlich schnell um.

Freya fährt kurz nach Hause, um ihrer Mutter zu erzählen was passiert ist und dass sie die nächste Zeit bei Felix verbringen wird, um ihn und seine Mutter zu unterstützen. Für ihre Mutter ist es gar kein Problem, denn sie mag Felix und seine Mutter sehr gerne.

Am Nachmittag helfen sie Felix Mutter einen Vermissten Zettel zu gestalten und diesen überall in Neuenburg aufzuhängen. Dabei schaut sie jeder an ohne ein einziges Wort zu sagen. Es fühlt sich so an als wären sie Außerirdische, die vorher noch nie jemand gesehen hat. Sie hoffen, dass die Vermissten Zettel etwas bringen und Liam bald wieder auftaucht. Am nächsten Tag klingelt Felix Handy. Es ist eine unbekannte Nummer, trotzdem geht er ran.

«*Hallo hier ist Felix, wer ist da?*«

«*Ich habe die Plakate gesehen. Nimm sie sofort ab oder Liam passiert etwas!* «

«*Wer…Wer sind Sie? Lassen Sie Liam in Ruhe!* «

Kein weiteres Wort kommt. Der unbekannte Anrufer hat einfach aufgelegt.

«Felix was ist los? «

«Das war eine verzerrte Stimme, die meinte, dass ich die Plakate abmachen soll, da Liam sonst etwas passiert. «

Felix fängt an zu weinen. So hat Freya ihren Freund noch nie erlebt. Instinktiv nimmt sie ihn fest in den Arm und vergießt auch ein paar Tränen. Das kann doch alles nicht wahr sein! Und sie dachte in einem kleinen Dorf ist es langweilig, weil nichts los ist.

«Hast du vor die Plakate abzumachen? «, fragt Freya ihn vorsichtig nach.

Er nickt nur kurz, zu mehr fehlt ihm gerade die Kraft. Felix schläft erschöpft ein. Freya nutzt die Zeit und hängt die ersten Plakate ab, damit Felix es etwas einfacher hat, er hat es schon schwer genug.

Im Laufe des Tages haben sie es gemeinsam geschafft, alle Plakate zu entfernen.

«Ich möchte versuchen die Nummer anzurufen, denn ich habe getan was verlangt wurde. «

«Okay ich bin bei dir, versuch es ruhig. «

Felix geht in seinem Handy auf die Anruferliste und schaut verwundert.

«Der Anruf steht nicht in meiner Liste. Der Anruf scheint gelöscht worden zu sein, auch in meinem Handy. «

Er senkt den Kopf und schlägt die Hände über dem Kopf zusammen. «Was soll ich denn jetzt machen? «

«Erst einmal, wenn schon dann wir, ich unterstütze dich bei allem, um Liam möglichst schnell zu finden. Ich habe gerade auch keine Idee was wir machen können, tut mir leid. « Freya hat ein sehr schlechtes Gewissen, denn sie möchte ihrem Freund doch Hoffnung geben und ihn nicht noch weiter herunterziehen.

Mit einem Mal kommen beiden die Tränen und sie nehmen sich schweigend in den Arm.

Ohne, dass sie es merken kommt Felix Mutter in den Raum. «Was ist los? «, fragt sie panisch. «Wir mussten die Plakate abmachen und wollten die unbekannte Person dann anrufen, doch die Nummer ist gelöscht und wir können sie nicht mehr anrufen, um nach Liam zu fragen, « erklärt Freya ihr den momentanen Stand der Dinge.

Daraufhin fängt auch sie an zu weinen. Nach einiger Zeit hat sie sich beruhigt und sagt:

«Ich kann mal meine Kollegen fragen, ob sie die Nummer noch irgendwie herausbekommen können. Dafür brauche ich nur dein Handy Felix. «

Felix gibt seiner Mutter das Handy und wirkt schon wieder etwas hoffnungsvoller.

Am nächsten Tag muss Felix Mutter wieder arbeiten. Sie fährt besonders früh los, um direkt jemanden um Hilfe zu bitten. Bei der Polizeistation angekommen begibt sie sich sofort in die Technikabteilung und trifft dort auf Mathias:

«Hi Mathias, kann ich dich kurz sprechen? Ich muss dich etwas Wichtiges fragen. «

«Ja klar, wir können kurz ins Büro gehen, da ist sonst noch niemand. «

Die beiden Polizeimitarbeiter gehen in ein Büro, in dem sehr viele Computer und andere technische Geräte stehen, die Felix Mutter nicht identifizieren kann. Sie setzen sich an den großen Schreibtisch und Felix Mutter fängt sofort an zu berichten:

«Du hast ja schon mitbekommen, dass Liam verschwunden ist. Felix hat einen Anruf von dem Entführer bekommen. Kannst du uns helfen die Nummer herauszufinden, damit wir den Entführer kontaktieren können? «

«Ähm das darf ich eigentlich nicht, das weißt du auch. Aber wenn du es niemandem erzählst, würde ich ein Auge zudrücken, da es mir auch wichtig ist, dass ihr Liam findet. Hast du denn das Handy mit, auf dem der Anruf eingegangen ist? «

Sie nickt und übergibt Mathias das Handy. Dieser steckt es an mehrere Kabel an und gibt dann etwas in den Computer ein.

Nach wenigen Minuten blickt er vom Bildschirm auf und guckt ganz überrascht.

«Die Nummer gehört jemanden der auch hier wohnt. «

«Was? Das heißt jemand den ich kenne hat meinen Sohn entführt? «

«Ja, davon müssen wir aufgrund dieser Information erst einmal ausgehen. Leider kann ich nicht herausfinden wem das Handy gehört. «

«Trotzdem danke, vielleicht hilft uns das auch schon weiter. «

Zum Abschied schreibt ihr Kollege ihr noch die Handynummer auf und beide beginnen mit ihrer eigentlichen Arbeit.

Während der Arbeit kann sich Felix Mutter nicht konzentrieren, sondern muss die ganze Zeit daran denken, dass sie den Entführer ihres Kindes sehr wahrscheinlich kennt.

Aber wer könnte es sein?

Ihr fällt niemand ein, der so etwas machen würde. Wobei einige Häuser weiter wohnt dieser Junge, den man nur sehr selten zu Gesicht bekommt. Vielleicht war er es.

In der Pause kommt ihr spontan eine Idee. Sie holt ihr Handy raus und gibt die Nummer ein, die ihr Mathias gegeben hat. Als sie auf den grünen Hörer klickt schlägt ihr Herz so stark, als würde sie in einer Achterbahn mitfahren, denn es wählt. Vor Aufregung läuft sie die ganze Zeit durch das Büro. Sie kann jetzt einfach nicht still sitzen bleiben.

Er blickt hoch, denn dort sieht er zumindest ein klein wenig Licht. Er kann nicht einschätzen wie lange er schon hier sitzt, denn es passiert die ganze Zeit nichts. Mit geschlossenen Augen versucht er an den letzten Moment draußen zu denken, um sich zu erinnern was passiert ist und wie er hier hin gekommen ist.

Ihm fällt nur ein, dass er draußen gespielt hat und er mehrmals einen Schatten hinter sich gesehen hat, aber wie er hier her gekommen ist fällt ihm nicht ein. Da er ganz in Gedanken ist, bekommt er gar nicht mit, dass sich eine Person ihm nähert.

«Hallo Liam, wie geht es dir? «, ertönt eine Stimme, wie aus dem Nichts.

Liam regt sich nicht.

«Du kannst mir ruhig antworten oder hast du kein Benehmen gelernt? «

«Doch… aber ich weiß wer Sie sind... Wie soll es mir schon gehen? Ich möchte nach Hause! Lassen Sie mich gehen! «

«Oh Liam, ich kann dich nicht gehen lassen, tut mir Leid. Ich wollte dich fragen, ob du etwas trinken und essen möchtest? «

«Äh ja, ich verhungere sonst. «

Mit einem Nicken verschwindet die Person wieder, um Verpflegung zu besorgen.

«Denkst du wir finden ihn bald? «, fragt Felix Freya.

«Bestimmt, deine Mama fragt ihre Kollegen doch, ob sie uns mit der Telefonnummer helfen können. Wir fragen sie später mal, wie es lief und bis dahin möchte ich dich gut gelaunt sehen, denn das ist doch schon ein guter Fortschritt, gegenüber den letzten Tagen. «

«Hm das stimmt. Ich mache mir nur so große Sorgen, dass ich ihn nicht mehr wiederbekomme, er bedeutet mir doch alles. «

«Ich weiß, das verstehe ich doch auch. Aber Kopf hoch wir gehen jetzt zum See und lenken uns ab. «

Kurze Zeit später sind sie am See angekommen und springen sofort ins kühle Wasser. Nach einiger Zeit können sie alle negativen Gedanken ausblenden und endlich mal wieder lachen.

Als sie sich gerade auf den Bürostuhl setzen möchte, ertönt das Signal, dass jemand das Gespräch entgegen genommen hat. Felix Mutter wartet einen Moment, doch wer auch immer am anderen Ende des Gespräches ist, sagt nichts.

«Hallo, ist da jemand? «, fragt sie daher. Es kommt jedoch keine Antwort.

«Was haben Sie mit meinem Sohn gemacht und wo ist er? «, schreit sie daraufhin in ihr Handy.

Die Person am anderen Ende legt einfach auf.

Voller Frust über den Misserfolg schlägt sie ihre Hand auf den Tisch.

In dem Moment kommt Mathias in das Büro.

«Was ist los, ich habe gesehen, dass du dich aufregst oder so? «

«Ich habe gerade bei der Nummer angerufen, die du mir gegeben hast und jemanden erreicht. Die Person hat kein Wort gesagt, sondern einfach aufgelegt. Was soll ich denn noch machen, um Liam zu finden? «, erzählt Felix Mutter verzweifelt.

«Ich weiß es leider auch nicht. Ich mache mir mal Gedanken, wie wir den Täter identifizieren könnten. «

Mathias macht sich auf den Weg zurück in sein Büro, doch an der Tür kommt ihm sein Chef entgegen.

«Mathias kommen Sie bitte mit in mein Büro? Ich muss etwas mit Ihnen und Nina besprechen.

« «Ja, ich hole Nina nur kurz und dann kommen wir zu Ihnen ins Büro. «

Nina schaut Mathias fragend an, doch dieser sagt nur, dass er auch nicht weiß warum sie zu ihrem Chef müssen. Das passiert nur in ganz wichtigen und großen Fällen, doch beide wissen nichts von einem größeren Fall zurzeit.

Gespannt betreten die beiden gemeinsam das Büro und setzen sich an den Schreibtisch, der unter Bergen von Zettel zu verschwinden scheint.

Sie sitzen gerade erst, da fängt der Chef auch schon an zu reden:

«Nina, die Informationen die ich Ihnen mitteilen muss werden nicht so schön für Sie sein, aber Sie sind eine der besten dieser Dienststelle, also werden Sie diesen Fall zusammen mit Mathias bearbeiten. «

«Jetzt kommen Sie bitte zum Punkt. Geht es um Liam? Gibt es Neuigkeiten zu seinem Verschwinden? «, fragt Nina voller Angst und Sorge in ihrer Stimme.

«Nicht direkt, aber so ähnlich. «

FÜNF

Freya und Felix laufen zur gleichen Zeit Richtung Dorf zurück. Von weitem erkennen sie schon, dass ihnen Herr Winter, ihr Mathelehrer, entgegenkommt.

«Was macht er denn hier in der Gegend? «, fragt Felix Freya.

«Keine Ahnung, wir können ihn ja mal fragen. «

«Hallo ihr beiden, genießt ihr das schöne Wetter heute?«, begrüßt Herr Winter seine beiden Schüler.

«Ja wir waren beim See und waren schwimmen. Und was machen Sie hier draußen in der Natur? «, beantwortet Felix die gestellte Frage.

«Ich möchte Fotos für die Garten-AG machen. Ach Felix wenn ich dich gerade sehe, ist Liam immer noch verschwunden oder gibt es mittlerweile ein paar Hinweise bezüglich seines Aufenthaltsortes? «, erkundigt sich der Lehrer.

«Nein, leider nicht. Aber der Entführer muss ihn persönlich kennen, denn er kommt aus der Umgebung von Neuenburg. Ich hoffe wir finden ihn so schnell wie möglich und das gesund und munter. «

«Oh, das klingt schrecklich. Ich frage mich wer hier so etwas macht und aus welchem Grund. Ich wünsche euch alles Gute für die weitere Suche und natürlich auch, dass er wohl auf ist. «

Damit verabschiedet sich Herr Winter und geht in Richtung des Waldes, um seine Fotos für die AG zu machen.

Nach gefühlten Stunden des Wartens betritt die bekannte Gestalt wieder den Raum, in dem er sich befindet.

«Na endlich, ich dachte schon ich bekomme mein Essen nicht mehr und muss verhungern, « beschwert Liam sich bei seinem Entführer.

«Sei nicht so gierig und undankbar! Sei lieber froh, dass ich dir überhaupt Essen mitgebracht habe. «

Liam senkt beschämt den Kopf und traut sich nicht das Brot anzurühren, welches der Entführer ihm auf einem Teller auf den Boden gestellt hat.

«Später habe ich noch eine Überraschung für dich, doch du musst dich erst noch etwas gedulden, also lass dir ruhig Zeit mit dem Essen. Dein Magen muss sich eh langsam daran gewöhnen, dass er wieder etwas zu Essen bekommt. «

Mit diesen Worten verschwindet die Person wieder aus dem kleinen, dunklen Raum.

Felix Mutter sitzt angespannt vor ihrem Chef und wartet darauf, dass er endlich weiter redet und ihr erzählt worum es geht und wie es mit Liam zusammen hängt.

«Wir haben einen Anruf von der Polizei aus dem Nachbarsort bekommen. Sie haben uns erzählt, dass bei Ihnen ein Mädchen verschwunden ist und das auf der gleichen Art und Weise wie Liam. Aus diesem Grund müssen wir davon ausgehen, dass es sich um einen

Serientäter handelt. Aber vielleicht finden wir jetzt schneller Hinweise, denn beide Dienststellen beschäftigen sich mit der Suche nach den beiden Kindern und dies hat höchste Priorität für alle von uns. «

Nach der Verkündung schaut er Nina tief in die Augen, um zu erkennen was in ihr vorgeht.

Ihre Augen sehen glasig aus und ihr Blick geht durch ihn hindurch, als würde er gar nicht vor ihr sitzen.

«Nina hörst du mich? «, fragt der Chef besorgt nach.

«Ja entschuldige. Das ist ein Schock für mich, mein Sohn Opfer eines Serientäters, das kann doch nur ein Alptraum sein, aus dem ich nicht aufwache. Aber was sitze ich noch so lange hier, ich sollte lieber direkt weiter arbeiten, um die beiden schnell ausfindig zu machen. Was kann man zu dem Mädchen aus dem anderen Dorf sagen?«

«Du gehst jetzt erst einmal nach Hause und erholst dich von diesen Nachrichten. Die Informationen zu dem Mädchen lege ich dir morgen auf deinen Schreibtisch, dann kannst du sie dir in Ruhe durchlesen. Wir werden keine Pausen einlegen und auf Hochtouren nach den beiden suchen, das verspreche ich dir, « zum Abschied umarmt er sie, was sie leicht verwirrt, da er sonst immer Wert darauf legt als Chef den nötigen Abstand zu den Mitarbeitern zu halten.

Als sie in die Küche geht fragt Felix sie sofort warum sie vor dem Feierabend schon zu Hause ist.

«Ich muss mit dir reden. Setz dich dafür lieber hin. «

«Was ist los? Sag nicht, dass Liam etwas noch etwas Schlimmeres zugestoßen ist, « voller Angst setzt er sich an den Küchentisch, um möglichst schnell zu erfahren was seine Mutter ihm zu erzählen hat.

«Es wird im Nachbarort ein Mädchen vermisst und es ähnelt dem Verschwinden von Liam, also müssen wir davon ausgehen, dass es sich um ein und denselben Täter handelt. Das Gute ist, dass jetzt beide Dienststellen nach den beiden suchen und die Suche so vielleicht schneller zum Erfolg führt. Und ich bin jetzt schon hier, weil mein Chef meinte ich soll mich von den Nachrichten erholen. «

«Das wird alles nur noch schlimmer. Ich hoffe durch die vergrößerte Suche hat alles bald ein Ende und dass beide wohl auf sind. Kann ich irgendetwas für dich tun? «, fragt Felix seine Mutter.

«Du könntest kurz zum Kiosk gehen und noch ein paar Kleinigkeiten kaufen, damit ich uns gleich etwas kochen kann. «

Felix nickt und macht sich fertig zum Einkaufen.

Liam vermutet, dass es mittlerweile Abend geworden ist, denn durch das Fenster, welches Richtung Himmel ausgerichtet ist, kommt kaum noch Licht herein. Wenige Schritte von ihm entfernt öffnet sich die Tür, durch die sein Entführer weggegangen ist.

Er hört nicht nur Schritte, kann aber nicht erkennen was das andere für Geräusche sind.

«Liam ich habe dir deine Überraschung mitgebracht. Schau mal jetzt bist du nicht mehr alleine und musst keine Langeweile mehr haben, « mit einem schämischen Grinsen betritt der Entführer den kühlen Raum.

Hinter sich zieht er etwas in einer Decke gehüllt hinein. Mit wenigen Handgriffen befreit er das Innenleben von der Decke und was Liam dann sieht löst pure Panik in ihm aus.

Neben ihm liegt ein Mädchen in seinem Alter, welches sich nicht bewegt.

«Was machen Sie? Ich habe Ihnen nichts getan und das Mädchen bestimmt auch nicht! «

«Du wirst schon noch merken was ich mit euch vorhabe. Ihr braucht nur noch etwas Geduld, ich muss Vorbereitungen treffen. « Der Entführer legt die Decke ordentlich zusammen und verlässt den Raum, ohne noch einmal nach dem Mädchen zu gucken.

SECHS

Ein paar Häuser entfernt ist der Dorfkiosk, in dem man viele Kleinigkeiten für den Alltag kaufen kann. In seiner Kindheit war Felix oft hier und hat sich Süßigkeiten Tüten zusammengestellt. Auch heute sind viele Kinder dort, um sich Süßigkeiten zu kaufen.

Das stimmt Felix traurig, denn es erinnert ihn daran, dass sein geliebter kleiner Bruder immer noch verschwunden ist. Durch diese Gedanken ist er so abgelenkt, dass er nicht mitbekommt, dass ihm der seltsame Nachbarsjunge gefolgt ist.

Doch auf einmal steht er direkt hinter ihm und er spürt seinen Atem in seinem Nacken.

Schnell dreht er sich um, um den Jungen zur Rede zu stellen.

«Was willst du von mir und warum verfolgst du Freya und mich so oft? «

«Es tut mir leid, ich wollte euch nicht belästigen, « fängt der Junge an «, ich bewundere euch für eure Freundschaft, wie gut ihr euch versteht. Ich wünschte ich hätte auch so jemanden an meiner Seite. «

Seine Augen bilden Tränen, die er nun nicht mehr aufhalten kann.

«Das Ding ist, ich habe meine Eltern vor einem Jahr durch einen Autounfall verloren und muss mich jetzt um das Haus kümmern. Dadurch habe ich alle meine Freundschaften verloren und bin ganz alleine. «

Felix steht mit offenem Mund vor dem Jungen und sucht nach passenden Worten für eine Antwort.

«Das tut mir so leid für dich, das habe ich gar nicht mitbekommen. Wenn du magst kannst du morgen mit Freya und mir spazieren gehen oder zum See fahren zum Schwimmen. Ich bin übrigens Felix und Freya ist meine Partnerin und wie heißt du? «

«Oh, sehr gerne komme ich mit euch mit, danke. Ich heiße Finn. Ich muss jetzt dann auch los bis morgen. «

Felix verabschiedet sich und beeilt sich mit dem Einkauf, um seine Mutter nicht noch länger warten lassen zu müssen.

Als sie zusammen essen erzählt Felix seiner Mutter von der Begegnung mit Finn:

«Du Mama, im Kiosk habe ich den Jungen getroffen, den kaum jemand kennt. Ich habe mich mit ihm unterhalten. Er hat seine Eltern vor einem Jahr verloren und ist dadurch ganz alleine. Ich habe ihn morgen eingeladen, mit Freya und mir spazieren oder schwimmen zu gehen. «

Seine Mutter reagiert nur mit knappen Worten und räumt danach wortlos den Tisch ab.

Damit Freya nicht überrascht ist, wenn Finn am nächsten Tag mitkommt, schreibt Felix ihr eine Nachricht, in der er ihr die Situation erklärt.

Liam traut sich gar nicht nach dem Mädchen zu schauen, nicht, dass es dann wach wird und ihn angreift.

Irgendwann überwindet er sich dennoch, um zu gucken ob sie überhaupt noch atmet.

Vorsichtig krabbelt er auf allen Vieren zu ihr, um möglichst wenig Lärm zu verursachen. Bei der Fremden angekommen versucht er zu sehen und zu fühlen ob das Mädchen noch atmet.

Zu seinem Glück atmet sie, was heißt, dass sein Entführer scheinbar kein Mörder ist.

Vorsichtshalber entfernt er sich wieder ein Stück und spricht das Mädchen an, in der Hoffnung, dass es dadurch wach wird. Tatsächlich bewegt es sich leicht und öffnet mühsam die Augen.

«Keine Angst ich tue dir nichts, ich bin auch ein Opfer, « begrüßt Liam die Unbekannte.

Sie erschreckt sich und flüchtet in die gegenüberliegende Ecke, um sich zu schützen.

«Wer bist du und wo bin ich? «

«Ich bin Liam und ich kann dir nicht sagen wo wir sind, da wir beide entführt wurden. «

Das Mädchen fängt plötzlich an laut zu schreien, solange bis ihre Stimme versagt.

«Das bringt nichts, ich habe es auch einige Male versucht. Wir scheinen von der Außenwelt abgekapselt zu sein. «

Daraufhin fängt das Mädchen verzweifelt an zu weinen. Liam geht langsam zu ihr und nimmt sie in den Arm.

Er hat sich an das Gefangensein gewöhnt und fängt mittlerweile nicht mehr an zu weinen, auch wenn er total verzweifelt ist.

«Du musst nur dran glauben, dann wird alles gut. Sag mal wie heißt du eigentlich? «, versucht Liam sie aufzumuntern.

«Ich heiße Luna und du? «

«Ich bin Liam. «

Arm in Arm verharren sie in der Ecke und versuchen voller Zuversicht an die nächste Zeit zu denken.

Im Polizeirevier angekommen macht Nina sich direkt auf den Weg ins Büro, um die Akte zu dem ebenfalls vermissten Mädchen anzugucken.

Ihre Kollegen schauen sie alle voller Mitgefühl an und wissen nicht so recht was sie zu ihr sagen sollen. Also schweigen sie.

Wie ihr Chef gesagt hat liegt die Akte auf ihrem Schreibtisch, mit der Notiz, dass sie diese ganz in Ruhe anschauen kann, da erst einmal keine anderen Aufgaben auf sie warten.

Also schlägt Nina die Akte auf und beginnt sie zu lesen.

Name: Luna Tillmann

Alter: 7 Jahre

Größe: 1,25 m

Wohnort: Klein Steinen

Entführung: Luna spielte auf der Straße vor ihrem Haus. Ihre Eltern waren hinten im Garten. Sie hörten ihre

Tochter schreien und liefen schnell zur Straße, doch da war Luna schon verschwunden. Mehr ist über das Verschwinden nicht bekannt.

Hinter dem Bericht ist noch ein Foto von Luna angeheftet, sodass die Polizisten wissen nach wem sie suchen müssen. Nina schaut es sich ganz genau an, um das Mädchen auch an winzigen Details erkennen zu können.

Dabei fällt ihr ein großes Muttermal unter dem linken Auge auf, genau nach sowas hat sie gesucht.

Zufrieden mit den Informationen der Akte schließt sie diese wieder und geht auf die Suche nach Mathias, um sich über den aktuellen Ermittlungsstand zu erkundigen.

Felix, Freya und Finn haben sich für einen gemeinsamen Spaziergang durch das Dorf entschieden.

Finn stellt sich zu Beginn Freya vor und entschuldigt sich auch bei ihr.

Anfangs weiß sie nicht ob sie ihm die Entschuldigung abnehmen soll oder nicht, da er sich in den letzten Wochen wirklich sehr merkwürdig verhalten hat.

Sie gibt ihm trotzdem eine Chance, denn jeder Mensch hat es verdient persönlich kennen gelernt zu werden und eine zweite Chance zu bekommen.

Nach ungefähr einer halben Stunde lenkt Finn das Thema auf das Verschwinden von Liam.

«Du bist doch der Bruder von dem vermissten Jungen oder? Wie läuft es mit der Suche nach ihm? «

Felix Blick richtet sich auf den Boden:

«Ja das bin ich und es läuft überhaupt nicht gut. Er ist jetzt schon seit mehreren Tagen verschwunden und es gibt kaum Hinweise auf den Täter oder den Aufenthaltsort von Liam. «

«Oh nein, kann ich euch bei der Suche unterstützen? Ich denke umso mehr Leute ihn suchen, umso schneller wird er gefunden. «

«Gerne kannst du uns helfen, wir sind für jede Unterstützung extrem dankbar. Warte ich zeige dir ein Foto von Liam, dann weißt du nach wem du Ausschau halten musst. «

Felix holt sein Handy heraus und sucht ein gut erkennbares Foto von Liam raus. Er zeigt es Finn, dieser meint:

«Ich habe ihn schon häufiger draußen spielen gesehen, dann weiß ich nach wem wir suchen. «

Schweigend gehen sie weiter. Niemand traut sich ein neues Thema anzusprechen, da die Stimmung nun bedrückt ist.

Als sie die Runde durch das Dorf beendet haben machen die drei aus, dass sie sich am nächsten Tag verabreden, um in das Nachbardorf zu fahren und in dem weiteren Vermissten Fall zu recherchieren.

Mathias sitzt vertieft vor dem Bildschirm eines Computers, als Nina das Büro betritt.

«Hi Mathias, ich habe mir die Akte von dem zweiten Opfer angeschaut. Dir ist bestimmt auch das Muttermal unter ihrem linken Auge aufgefallen. So können wir sie eventuell gut erkennen und sollten eine öffentliche Fahndung einleiten, da sie dadurch auch für Zivilisten gut erkennbar ist. «

«Ja natürlich ist mir das Merkmal auch aufgefallen. Ich arbeite gerade schon an einer Zeichnung, die wir für die öffentliche Fahndung nutzen können. Wenn du magst kannst du sie dir anschauen und mir noch Tipps geben wie es realistischer aussieht. «

Nina wendet ihren Blick auf den Bildschirm und schaut sich jedes Detail der Zeichnung ganz genau an. Nachdem sie alles inspiziert hat gibt sie Mathias ihr Feedback:

«Das sieht schon sehr realistisch aus. Ich würde nur das Muttermal mehr herausstellen, sodass direkt klar wird, dass es ein sehr besonderes Merkmal ist, an welchem man Luna direkt erkennen kann. «

Mathias nickt und macht sich direkt an die Arbeit dieses Detail zu überarbeiten.

Um nicht nur rumzustehen und nichts zu machen, setzt sich Nina an den anderen Rechner und schreibt eine Mail an den Fahndungsleiter, denn sie brauchen vom ihm erst eine Genehmigung, um eine öffentliche Fahndung auszuschreiben.

Nach wenigen Sekunden kommt schon eine Antwort rein und es ist die Genehmigung für die öffentliche Fahndung. Es ist immer wieder ein Wunder, wie schnell man bei so großen Fällen Antworten von den Führungspositionen bekommt.

«Wir dürfen die Plakate überall aufhängen und die Zivilisten mit einbeziehen. «

«Das ist gut! Ich habe gerade das Bild fertig gestellt, ich drucke es direkt aus und dann können wir losgehen und es aufhängen. «

Mathias beeilt sich mit dem Drucken und so gehen die beiden los, um die Fotos aufzuhängen.

Die drei Jugendlichen treffen sich am Marktplatz und nehmen von dort aus den Bus Nummer 100, der zu dem Nachbardorf fährt. Mit dem Fahrrad wäre es zu weit gewesen, da der Burgwald die beiden Dörfer voneinander trennt.

Um sich beratschlagen zu können setzten sie sich nach ganz hinten in die Fünferreihe des Busses. Sie haben Glück, dass der Bus kaum gefüllt ist, so können sie in Ruhe über die Entführungen sprechen.

Finn denkt nach:

«Was sollen wir, wenn wir da sind, eigentlich machen? Habt ihr euch da schon Gedanken zu gemacht? «

«Ich dachte wir könnten die Leute befragen, ob ihnen etwas Merkwürdiges aufgefallen ist, « antwortet Felix auf Finns Frage.

Die beiden anderen halten es für eine gute Idee und alle hoffen darauf, dass ihnen irgendjemand etwas zu erzählen hat.

Da es noch früh am Morgen ist scheint die zarte Morgensonne vereinzelt zwischen den Bäumen hindurch. Dadurch bilden sich viele kleine Lichtkreise auf der schmalen Verbindungsstraße der beiden kleinen Dörfer.

Felix merkt wie sein Kopf immer schwerer wird und er kaum noch Kraft hat ihn aufrecht zu halten. Aus diesem Grund legt er ihn auf Freyas Schulter ab. Nach wenigen Sekunden spürt Freya, dass Felix auf ihr eingeschlafen ist. Da es noch einige Minuten Fahrt sind weckt sie ihn nicht, sondern gönnt ihm ein wenig Schlaf, den er zurzeit viel zu wenig bekommt.

Nach zehn Minuten weckt sie ihn auf, denn an der nächsten Haltestelle müssen sie aussteigen.

Er schaut sie mit müden Augen an und scheint kurz verwundert zu sein. Als er jedoch merkt wo er sich befindet, versteht er sofort warum er geweckt wurde.

Am Marktplatz des Nachbardorfes steigen die drei Jugendlichen aus und schauen sich erst einmal um, da sie noch nie in dem Dorf waren.

Auf dem Platz befinden sich einige Sitzmöglichkeiten und ein paar Geschäfte, sowie die Polizeiwache. Vor der Wache hängen Vermissten Bilder von dem entführten Mädchen. Die drei gehen näher an das Foto heran, um zu schauen wie das zweite Opfer aussieht.

Auf dem Bild sehen sie ein fröhliches Mädchen, welches ihre Haare zu Zöpfen geflochten hat. Unter dem Foto stehen ein paar Informationen zu dem entführten Mädchen. Neben ihrem Namen und ihrem Alter steht ihr Merkmal, das Muttermal unter dem linken Auge, fett gedruckt auf dem Zettel.

«Schaut mal hier steht sogar ihre Adresse drauf. Wie wäre es wenn wir dort hinfahren und mit ihren Eltern reden? «, schlägt Freya vor.

Die beiden Jungen sind einverstanden und so machen sie sich auf den Weg zu dem Zuhause von Luna.

Luna und Liam schrecken auf. Sie haben gar nicht bemerkt, dass sie beide eingeschlafen sind.

Vor ihnen steht ihr Entführer, welcher auf sie herunterschaut. Er hält nur eine Portion Essen und Trinken in der Hand. Bisher haben sie beide immer etwas bekommen.

Was hat es zu bedeuten, dass nur eine Portion gebracht wird?

Die Antwort erhalten sie direkt von ihrem Entführer:

«Luna du kommst gleich mit mir mit! Ich möchte euch räumlich trennen, da ihr euch viel zu gut miteinander versteht. Dein Essen steht in deinem neuen Raum bereit. «

Ohne auf eine Antwort zu warten greift er nach Lunas Arm und zerrt sie aus dem Raum heraus.

SIEBEN

Direkt vor der Polizeistation hängen sie die ersten Bilder von Luna auf. Dieser Platz eignet sich besonders gut, weil mögliche Zeugen direkt in die Wache gehen können, um dort eine Aussage zu machen.

Einige Passanten bleiben vor den ersten Plakaten stehen und schauen es sich an, jedoch scheinen sie alle nichts mitbekommen zu haben und gehen einfach weiter.

Die beiden Polizeibeamten machen sich weiter auf den Weg durch das ganze Dorf, sodass überall verteilt ein paar Plakate hängen und sie eine möglichst große Aufmerksamkeit bekommen.

Auch an der Schule, die Luna und Liam normalerweise besuchen, hängen sie einige Fotos auf. Vielleicht haben ihre Mitschüler vor ein paar Tagen etwas bemerkt und trauen sich, durch die Fotos vor der Schule, ihren Eltern etwas zu erzählen.

«Was denkst du wer könnte so etwas machen? Zwei Kinder aus dem eigenen und dem angrenzenden Dorf entführen und über längere Zeit gefangen halten? «, fragt Mathias Nina nach ihrer Meinung.

«Ich kann es mir bei keinem hier vorstellen und traue auch niemanden mehr. Ich hoffe so sehr, dass der Täter die beiden festhält und er ihnen nichts angetan hat, das wäre schrecklich. «

Ihre Stimme klingt brüchig, wodurch Mathias es bereut diese Frage gestellt zu haben.

«Ich bin mir sicher, dass die beiden noch leben und wir sie auch lebend finden werden. Du weißt doch wie gut die Arbeit von unserer und auch von der anderen Polizeistation ist, « versucht er ihr Hoffnung zu machen.

Sie hängt schweigend das nächste Plakat auf und schaut nicht zu Mathias rüber. Er soll nicht sehen wie ihr die salzigen Tränen über die Wange fließen.

Nach wenigen Minuten kommen die drei an einem älteren Haus an, welches einen kleinen Garten hat. Dieser scheint normalerweise gut gepflegt zu sein, doch heute sieht er ziemlich verwildert aus. Das liegt bestimmt daran, dass Lunas Eltern momentan keinen Kopf für die Gartenarbeit haben, sondern nur für die Suche nach ihrer verschwundenen Tochter.

Finn öffnet ein kleines Holztor, durch das er zur Eingangstür geht und die Klingel betätigt. Da nach dem ersten Klingeln niemand öffnet, klingelt er erneut.

Nach einem kurzen Moment des Wartens öffnet ihnen ein Mann die Tür. Er trägt einen weiten Pullover mit einer Jogginghose und seine Haare sehen fettig aus. Mürrisch schaut er die drei Jugendlichen an:

«Was wollt ihr hier und wer seid ihr überhaupt? «

Da Finn ganz vorne steht beantwortet er die Frage des Vaters von Luna:

«Entschuldige, dass wir stören. Wir kommen aus Neuenburg und sind Angehörige des weiteren Entführungsopfers. Wir wollten uns bei Ihnen informieren, ob Ihnen etwas Außergewöhnliches aufgefallen ist? «

Der Mann scheint nicht begeistert zu sein:

«Das sollte besser die Polizei machen, ihr könnt eh nicht helfen. Also verschwindet wieder und kümmert euch um andere Dinge! «

Mit diesen Worten knallt er die Haustür zu.

Schockiert von seiner Reaktion bleiben die drei erst einmal stehen. Als sie wieder zurück zur Straße gehen erwarten sie zwei Jungen, die die Situation scheinbar beobachtet haben.

«Die reden mit keinem mehr, nur noch mit der Polizei«, ruft einer der Jungen ihnen zu.

Die drei gehen näher zu ihren Beobachtern.

«Wir haben mitbekommen, dass ihre Eltern wissen, dass jemand aus Neuenburg der Täter sein soll und deswegen vertrauen sie auch niemandem mehr. «

Finn übernimmt das Wort:

«Das wissen wir schon, wir wussten nur nicht, dass sie mit niemandem mehr reden. Das ist schade wir wollten doch nur wissen ob ihnen etwas Merkwürdiges aufgefallen ist in der letzten Zeit. Kennt ihr Luna vielleicht und habt vor ihrem Verschwinden etwas Merkwürdiges beobachtet?«

«Wir sind mit ihr in einer Klasse, kennen sie aber trotzdem nicht ganz so gut. Uns ist dementsprechend leider auch nichts aufgefallen, sonst hätten wir es schon längst der Polizei erzählt. Hoffentlich geht es ihr und dem Jungen gut und sie kommen bald wieder. «

Die drei bedanken sich trotzdem bei den Kindern und machen sich dann wieder auf den Weg zum Bus Richtung Neuenburg.

Nach einem anstrengenden Arbeitstag kommt Nina nach Hause und tritt fast auf ein Blatt Papier, welches vor der Haustür liegt. Irritiert hebt sie den Zettel auf und erschreckt sich bei dem Anblick.

Es ist ein Brief aus Zeitungen zusammen gebastelt, so wie es Entführer typischerweise machen. Sie liest ein paar kurze Sätze auf dem Stück.

«Hör auf zu ermitteln, sonst wirst du ein Wunder erleben! Ich warne dich nur einmal! «

Ohne zu überlegen zerknüllt sie den Zettel und fängt an zu weinen.

Damit ihre Nachbarn nichts davon bemerken, schließt sie schnell die Haustür auf und verschwindet ins schützende Innere.

Dort setzt sie sich auf den Sessel vor dem Kamin und überlegt fieberhaft was sie nun machen soll.

Soll sie den Brief der Polizei zeigen und riskieren, dass sie von dem Fall abgezogen wird oder soll sie die Gefahr auf sich und Liam nehmen und weiter ermitteln, ohne etwas von dem Erpresserbrief zu sagen?

Sie entscheidet sich dafür, erst einmal niemandem von dem Brief zu erzählen. So kann sie sich wenigstens selbst um die Suche nach ihrem Sohn kümmern und wird nicht von ihrem Chef abgezogen.

Sie ist sich dennoch bewusst, dass Liam und Luna dadurch in noch größerer Gefahr stecken, ist sich aber sicher, dass sie und ihre Kollegen die beiden finden bevor ihnen etwas Schlimmes passiert.

Fest entschlossen das Richtige zu tun wirft sie den Brief in das lodernde Feuer des Kamins.

Luna wird von ihrem Entführer durch einen größeren Raum gezogen, den sie sofort wieder erkennt.

Sie kann nicht glauben wo sie festgehalten werden und dass niemand es merkt.

Sie wird durch eine kleine Tür geschubst und landet auf dem kalten Boden eines kleinen Abstellraumes, in dem ihr Essen und Trinken schon bereit steht. Prompt schließt der bekannte Mann auch schon wieder die Tür und sie ist auf sich alleine gestellt.

Jetzt hat sie nicht mehr Liam, der ihr immer ihre Angst genommen hat.

Nach wenigen Minuten wird ihr die Stille zu ruhig und sie fängt an zu singen, um sich abzulenken und nicht darüber nachzudenken was wohl noch mit ihr passieren wird.

Wie gerne sie Liam mitteilen würde wo sie sich befinden, denn vielleicht hätte er eine Idee wie sie jemanden darauf aufmerksam machen könnten.

Unterdessen bereut Liam es, dass es so auffällig war, dass sie sich so gut verstanden haben. Hätte ihr Entführer es nicht gemerkt, hätten sie bessere Chancen hier irgendwie rauszukommen.

Langsam lässt auch seine Zuversicht nach, denn er ist echt schon lange hier, auch wenn er kein Zeitgefühl mehr hat, weiß er dies sicher. Er vermisst seine Mama und seinen Bruder total und hofft, dass es ihnen trotz der Sorge nicht allzu schlecht geht.

Ob sie schon irgendeinen Hinweis auf den Entführer oder den Aufenthaltsort haben?

Im Bus reflektieren sie ihren Besuch in Klein Steinen. Dabei bemerken sie, dass es ihnen gar nichts gebracht hat.

Wie ärgerlich, dass Lunas Eltern niemanden mehr trauen, nicht mal den Angehörigen von dem anderen Entführungsopfer.

Freya beschließt Nina mal zu fragen, wie es auf Seiten der Polizei aussieht, was sie aktuell machen und ob sie schon irgendwelche neuen Informationen haben.

Finn verabschiedet sich an der Bushaltestelle von den anderen beiden, er habe noch im Haushalt zu tun und keine Zeit mit zu Felix zu kommen, um über die Polizeiermittlungen zu sprechen.

Also machen sich Felix und Freya alleine auf den Weg zu Felix Zuhause.

Dort angekommen begrüßen sie seine Mutter und fragen sie, ob sie Zeit für ein Gespräch hat.

Sie antwortet, dass sie zu Ende kocht und sie dann beim gemeinsamen Essen reden können. Die beiden helfen ihr den Tisch zu decken und setzen sich, um auf Nina und das Essen zu warten.

Ein paar Minuten später stellt Nina die dampfenden Töpfe auf den Tisch und setzt sich ebenfalls hin.

«So worüber möchtet ihr denn mit mir reden? «

«Wir wollten uns erkundigen, ob es etwas Neues zu Liam und Luna gibt, denn wir waren heute bei ihren Eltern, doch sie wollten nicht mit uns reden, « erzählt ihr Sohn ihr von dem heutigen Erlebnis.

Nina schaut die beiden kaum an, sondern ihre Augen wandern hin und her:

«Nein, leider kommen wir kein Stück weiter, da es einfach keine neuen Spuren gibt, durch die wir den Entführer ausfindig machen könnten. Das mit ihren Eltern kann ich verstehen, ich hätte auch keine Lust mit fremden Personen über Liams Verschwinden zu reden. «

«Oh man das ist echt schrecklich. Er ist jetzt schon seit acht Tagen weg und wir haben keinerlei Ideen wo er sein könnte und wer der Entführer sein könnte. Naja wir versuchen auch weiterhin alles, um irgendwelche Spuren zu finden, « reagiert Freya auf Ninas Äußerung.

Nach dem Essen gehen sie und Felix noch in sein Zimmer, in dem er ihr sagt, dass er ihr etwas Wichtiges mitteilen muss.

In seinem Wagen wartet der Entführer, denn er ist ein paar Minuten zu früh am vereinbarten Treffpunkt angekommen. Er nimmt sein Handy an sein Ohr und tut so als wenn er mit jemandem telefoniert. So fällt nicht auf, dass er auf dem Parkplatz steht und einfach nur im Auto sitzt, ohne einkaufen zu gehen.

Da bemerkt er eine Bewegung neben seinem Auto und die Beifahrertür wird geöffnet.

«Da bist du ja mein Helfer. Was kannst du mir zu den dreien sagen, haben sie mich in Verdacht oder wissen sie weiterhin gar nichts? «

«Sie haben überhaupt keine Hinweise auf dich oder sonst jemanden. So langsam verzweifeln sie, denn es heißt ja, umso länger jemand vermisst ist, umso geringer ist die Chance die Person lebend wieder zu finden. «

Der Entführer muss grinsen. Er ist zufrieden, wie sein Plan abläuft und sehr glücklich darüber einen Gehilfen gefunden zu haben, der ihn über aktuelle Ermittlungsstände informiert, sodass er seinen Plan gegeben falls anpassen könnte.

«Ich danke dir und hier hast du wieder ein bisschen Geld, das du gut gebrauchen kannst. «

Sie verabschieden sich mit einem Kopfnicken und vereinbaren sich in drei Tagen wieder zu treffen.

«Worum geht es Felix? «

«Ist dir nichts an meiner Mutter aufgefallen, als sie uns von den aktuellen Ermittlungen erzählt hat? «

Freya runzelt die Stirn und schüttelt den Kopf. Sie weiß nicht aus was Felix hinaus möchte.

«Na sie hat gelogen, scheinbar weiß sie mehr als sie uns sagt. « «Woher willst du wissen, dass sie lügt? «, fragt Freya ihren Freund nach, ohne Stellung zu beziehen.

«Leute die lügen schauen einen nicht richtig an, da sie Angst haben, dass man ihnen die Lüge ansieht. Und sie hat uns nicht in die Augen geschaut, sondern ihr Blick ist hin und her gewandert. Ich frage mich warum sie uns etwas verheimlicht, es geht doch schließlich um meinen kleinen Bruder. «

«Hm ich weiß es nicht, möchtest du sie darauf ansprechen oder was hast du nun vor? «

«Nein ich glaube das wäre nicht richtig, lass uns am besten morgen in der Schule mal mit Finn besprechen was wir jetzt machen könnten. «

Die beiden spielen noch eine Runde Fußball im Garten und danach verabschiedet sich Freya von Felix und seiner Mutter und fährt nach Hause.

Am nächsten Morgen treffen sich die drei Freunde vor dem Schulgebäude und Felix erzählt Finn von dem gestrigen Vorfall.

«Das ist seltsam. Was hat die eigene Mutter vor einem zu verbergen? Vielleicht sollten wir uns mal etwas in eurem Haus umgucken oder sie noch einmal ansprechen. Wir müssen aber auf jeden Fall irgendwas machen und sollten damit nicht lange warten, sonst könnten gegeben falls Spuren verwischt werden, « überlegt Finn sich eine Lösung für dieses Problem.

Felix kann ihm keine Antwort geben und verschiebt seine Entscheidung auf nach dem Unterricht.

In der Schule gucken die anderen Schüler ihn immer noch voller Mitleid an, aber auch gespannt, ob sie irgendwas von ihm erfahren. Doch er redet nur mit Freya und Finn über seinen Bruder, um nicht die volle Aufmerksamkeit auf sich zu lenken.

Im Unterricht ist es manchmal echt schwierig, da sie ihn alle ablenken. Er bekommt es dennoch ganz gut hin sich auf den Unterricht zu konzentrieren, um das Schuljahr trotz der Umstände gut zu bewältigen.

ACHT

Die Tür am anderen Ende des Raumes geht einen Spalt auf und der Entführer betritt den kühlen Raum. Luna sieht ihn mit ängstlichen Augen an.

Jedes Mal wenn sie auf den Mann trifft hat sie panische Angst davor, dass er ihr etwas antun wird. Bisher ist es jedoch nicht dazu gekommen und sie hofft, dass es auch dabei bleibt.

Ohne mit ihr zu reden nimmt er sie an die Hand und geht in einen angrenzenden Raum, der erstaunlich warm ist. Dort macht er ihr mit Gesten verständlich, dass sie sich auf einen Stuhl in der Mitte des Raumes setzen soll.

Sie befolgt seinen Anweisungen, wie immer die letzten Tage. Als sie sitzt bindet er ihr einen Schal oder ein Tuch um die Augen, sodass sie nur noch Schwarz sieht. Danach hört sie, dass sich seine Schritte von ihr entfernen.

«Was machen sie mit mir, warum darf ich nichts sehen?»

«Das wirst du gleich erfahren. «

Nun herrscht absolute Stille in dem Raum und Luna kann sich mit keinem ihrer Sinne in dem Raum orientieren.

Aus diesem Grund versucht sie erst gar nicht aufzustehen, sondern bleibt auf dem Stuhl sitzen, auf dem sie sich in Sicherheit vermutet.

Nach Minuten der Stille ertönen Stimmen aus Lautsprecheranlagen, die scheinbar überall in dem Raum verteilt sind. Ihre Lautstärke ist auf eine unerträgliche Stärke eingestellt, sodass sie schon nach den ersten Worten Ohrenschmerzen bekommt.

Als sich ihre Ohren an den Lärm gewöhnt haben, erkennt sie die Stimmen, die aus den Lautsprechern kommen. Die Stimmen lösen wieder eine panische Angst in ihr aus, denn es sind die Stimmen ihrer Eltern.

«Und wie hast du dich entschieden? «, fragt Finn Felix nach der Schule.

«Auch wenn es mir schwer fällt, wird es das Beste sein, wenn wir uns einmal bei mir Zuhause umgucken. Vielleicht entdecken wir einen Hinweis auf die Lüge meiner Mama. «

Somit machen die drei Schüler sich gemeinsam auf den Weg zu Felix. Seine Mutter müsste auf der Polizeiwache sein, sodass sie sich in Ruhe umsehen können.

Als sie ankommen erkennen sie, dass sie Recht haben und Nina nicht vor Ort ist. Nachdem Felix ihnen aufgeschlossen hat besprechen sie wer sich wo im Haus umguckt.

Felix nimmt sich das Schlafzimmer von Nina vor, da es ihr persönlichster Raum ist, den seine Freunde nicht sehen sollen. Freya nimmt das Wohnzimmer unter die Lupe und Finn schaut sich in der Küche um.

Felix fängt bei dem Kleiderschrank an und schaut jede Hosentasche und jeden Schuh durch. Die Kleidung scheint normal zu sein und er wendet sich dem Nachtschrank zu.

Zur selben Zeit durchsucht Freya den Bücherschrank im Wohnzimmer. Dabei geht sie jedes Buch einzeln durch, da sich etwas zwischen den Seiten verbergen könnte.

Doch in keinem Buch findet sie etwas, was ungewöhnlich wäre. Ihr Blick wandert durch den Raum, um zu schauen wo sie sich als nächstes umschauen könnte. Dabei bleibt ihr Blick am Kamin hängen.

Was ist denn das?

In der Asche sieht sie einen weißen Fleck. Sie geht zum Kamin und geht auf die Knie, um nachzuschauen was in der Asche liegt. Mit ihren Fingerspitzen greift sie nach einem Stück Papier, welches nicht komplett verbrannt ist.

Mit Erstaunen erkennt sie, dass es ein Zettel ist auf dem die Sätze mit Zeitungsbuchstaben geschrieben stehen. Das ist komisch, sowas kennt sie bisher nur aus Filmen in denen es um Drohbriefe geht. Durch den verbrannten Rand kann sie nur noch einzelne Teile der Sätze lesen:

«Hör auf… Wunder erleben… warne… einmal. «

Woher aus aller Welt kommt dieser Brief und warum hat Nina versucht ihn zu verbrennen?

«Felix, Finn! «, ruft sie die beiden Jungs zu sich. Diese kommen angerannt und wirken sehr neugierig.

«Hast du etwas herausgefunden? «, fragt ihr Freund sie direkt.

Wortlos übergibt Freya Felix den kaputten Zettel und wartet auf eine Reaktion von ihm.

Mit weit geöffneten Augen sieht er sie an und lässt dann den Zettel zu Boden fallen. Finn hebt ihn auf, damit er sich auch ein Bild über die Situation verschaffen kann.

«Meine Güte was ist denn das und wo kommt das her? «, fragt Finn sofort.

«Es sieht aus wie eine Drohung. Aber man kann nicht erkennen von wo oder wem dieser Brief kommt. Felix denkst du deine Mama hat ihn gelesen und absichtlich verbrannt? «, überlegt Freya.

«Ich wünschte es wäre nicht so, aber alle Zeichen deuten darauf hin. Was soll ich denn jetzt machen? «

«Du könntest deine Mutter damit konfrontieren oder es für dich behalten und abwarten was weiter geschieht, « wirft Finn die einzigen zwei Vorschläge in den Raum.

«Ich… Ich denke… ich warte erst einmal ab, « stammelt er unsicher vor sich her.

Lunas panische Angst hat einen einfachen Grund.

Wo soll ihr Entführer die Aufnahmen her haben? Stalkt oder bedroht er ihre Eltern? Sind sie auch in Gefahr, so wie sie selbst?

Immer wieder ertönt aus den Ecken derselbe Satz ihrer Mutter:

«Wir müssen uns damit abfinden, nach so einer langen Zeit ist es so gut wie unmöglich, dass Luna noch lebt. «

Wie gerne das Mädchen sich irgendwie bei der Außenwelt bemerkbar machen würde und preisgeben würde wer hinter all dem steckt, doch dafür bietet sich einfach keine Möglichkeit.

Um nicht länger den Qualen ausgesetzt zu sein hält sie sich die Ohren zu, doch die Lautstärke wird noch höher gestellt, sodass sie nicht vor dem Satz fliehen kann.

Scheinbar sind in dem Raum Kameras installiert, mit denen der Entführer sie die ganze Zeit beobachten kann.

Nach gefühlten Stunden öffnet sich die Tür wieder und der Entführer tritt ein.

«Woher hast du die Aufnahme, was ist mit meinen Eltern? «, schreit Luna den Täter an.

«Du glaubst doch nicht, dass ich dir das verrate. Du solltest gemerkt haben, dass sich niemand mehr um dich sorgt, beziehungsweise niemand mehr nach dir sucht, da du schon zu lange bei mir bist. «

Lachend bringt der Mann sein besorgtes Opfer zurück in ihren normalen Aufenthaltsraum.

Nachdem er sich um Luna gekümmert hat begibt er sich an den Treffpunkt, an dem er seinen Gehilfen treffen wird. Er wird sich informieren was mit seinem Drohbrief passiert ist und wie Nina sich danach verhält.

Auf einer Bank tief im Burgwald versteckt wartet sein Gehilfe schon auf ihn und begrüßt ihn mit knappen Worten.

«Und ist mein Brief heil angekommen? «

«Sie hat ihn mit reingenommen, ob sie ihn auch gelesen hat weiß ich nicht, sie hat sich bisher nicht auffällig verhalten, « berichtet ihm sein Beobachterkollege. «Das ist schon einmal ein guter Anfang. Ich bitte dich darum sie weiter zu beobachten, um herauszufinden ob sie weiter ermittelt oder ob sie auf mich hört um Liam in Sicherheit zu wissen.

Als Zustimmung erfolgt ein Nicken und ohne eine Verabschiedung trennen sich ihre Wege.

Nach mehreren Tagen ist Felix immer noch nichts an seiner Mutter aufgefallen und sie hat ihn auch immer noch nicht über den verbrannten Brief in Kenntnis gesetzt. Dennoch möchte er sie noch nicht darauf ansprechen, denn er hat die Sorge, dass es alles bloß noch schlimmer macht.

Er bemerkt, dass sie ganz normal weiter macht, als wäre nichts passiert. Sogar zur Arbeit geht sie noch, wo sie auch weiterhin an dem Fall Liam und Luna weiter arbeitet.

Nun überlegt er wie er mit der Situation weiter umgehen soll und beschließt sich in zwei Tagen nochmal mit Freya und Finn zu treffen.

Nina ist sich sicher, dass es nur einen richtigen Weg gibt und zwar das Suchen nach ihrem Sohn, egal was der Entführer ihr androht. Aus diesem Grund geht sie auch weiter zur Arbeit, ohne den Erpresserbrief gegenüber irgendwem zu erwähnen.

Leider gibt es auf dem Polizeirevier immer noch keine Erkenntnisse zu dem Entführer oder dem Aufenthaltsort von den beiden Kindern.

Nach solch einer Zeit handelt es sich bei Kindern schon um eine gefährliche Situation, da sie einer womöglich fremden und gefährlichen Person ausgesetzt sind und man es in aller Regel ausschließen kann, dass sie aus freiem Willen abgehauen sind.

Sie hat wahnsinnige Angst ihren geliebten Liam nicht wieder zu bekommen.

Der Arbeitstag war recht langweilig, bis auf einen kleinen Diebstahl ist nichts passiert. Somit macht sie sich auf den Rückweg und macht schon etwas eher Feierabend.

Vor der Haustür liegt ein kleines Paket, dabei hat sie gar nichts bestellt. Vielleicht hat Felix ja etwas bestellt und ist unterwegs.

Sie nimmt das Paket erst einmal mit rein und legt es auf dem Küchentisch ab.

Sein Entführer stürmt wutentbrannt und mit hochrotem Kopf in den Raum. Liam fragt sich sofort was passiert ist und was der Entführer nun vor hat. Ohne zu zögern und ohne etwas zu sagen zerrt er den Jungen aus dem Raum heraus.

Nina hört Stimmen aus dem Wohnzimmer. Ist Felix etwa doch da und hat den Paketboten überhört?

«Felix, « ruft sie aus der Küche «, hast du den Paketboten überhört? Es kam ein Paket an, ich denke es ist von dir. Ich habe in letzter Zeit nichts bestellt. «

Felix kommt durch die Küchentür und schaut sie fragend an:

«Es hat nicht geklingelt, das hätte ich mitbekommen. Und ich habe auch gar nichts bestellt. Was steht denn auf dem Paket drauf? Von wo kommt es? «

In dem Moment schaut sie sich zum ersten Mal bewusst das Paket an.

«Komisch da steht gar nichts drauf, nicht einmal unsere Adresse. Das heißt das Paket wurde persönlich vor die Tür gestellt. «

Er befindet sich nur kurze Zeit später auf einem harten Stuhl. Seine Arme und Beine kann er nicht bewegen, denn ein Seil hält seine Gliedmaßen am Stuhl fest. Wenigstens hat er kein Tuch vor den Augen, sodass er sich orientieren kann und seinen Entführer sehen kann.

In dem Moment kommt der Entführer durch eine Tür rein, in der Hand einen Werkzeugkoffer tragend. Diesen stellt er auf einen kleinen Tisch an der Seite ab. Liam fragt sich wofür der Täter Werkzeug benötigt und wofür er die Handschuhe braucht, die er sich gerade anzieht.

Als nächstes greift er nach einer Schere und blickt zu seinem kleinen Opfer.

«Möchtest du deiner Mutter einen kleinen Gruß schicken? Ich helfe dir gerne dabei, denn das hat sie verdient. «

Während er die Worte ausspricht geht er ganz dicht zu dem Kopf von Liam. Dieser bekommt ganz große Augen und fängt an zu schwitzen.

Was hat der Entführer denn jetzt mit ihm vor und was meint er damit, dass er seiner Mama einen Gruß schicken kann?

Noch während er über die Situation nachdenkt, setzt der Entführer die Schere an seinem Kopf an. Mit einem geraden Schnitt entfernt er ein paar Haarsträhnen und bindet sie mit einem Seil zusammen.

Das entstandene Bündel steckt er behutsam in einen Plastikbeutel und verschließt diesen.

Liam sieht wie der Entführer den Plastikbeutel in ein kleines Paket packt. Nun wird ihm klar was der Entführer mit dem Gruß meinte. Er wird das Paket an seine Mama schicken.

Nachdem sie ein Messer aus der Küchenschublade geholt hat schneidet sie das Klebeband des Paketes auf und öffnet es. Ihr fällt das Messer aus der Hand, doch es landet zum Glück, ohne sie zu verletzen, neben ihrem Fuß.

«Was ist los? «, fragt Felix sie sofort und eilt zu ihr, um zu schauen ob es ihr gesundheitlich gut geht oder ob ihr etwas passiert ist.

Als er den Inhalt des Kartons sieht gefriert ihm das Blut in den Adern.

NEUN

In dem Karton befinden sich zwei kleine Tüten. In der einen sind Haare von Liam zu sehen und in der anderen liegt eine abgetrennte Fingerkuppe, die scheinbar auch von seinem Bruder stammt.

«Ach du meine Güte! Ich hoffe es geht ihm gut und er lebt noch! «, schreit seine Mama voller Verzweiflung und Angst um ihren anderen Sohn.

«Mama jetzt sag mir endlich was hier vor sich geht! Ich habe die Reste des Briefes gefunden. Warum verheimlichst du mir Dinge zu Liam? Weißt du noch mehr, was ich auch wissen sollte? «

Mit zitternden Händen sackt Nina zu Boden:

«Es tut mir leid, ich hätte es dir direkt erzählen sollen. Ich hatte bloß Angst und möchte Liam doch einfach nur finden. Darum habe ich auch nicht aufgehört weiter zu ermitteln und dir den Brief nicht gezeigt. «

Sie fängt bitterlich an zu weinen. Felix beugt sich zu seiner Mutter runter und legt ihr eine Hand auf die Schulter.

«Ich kann dich verstehen, jedoch sollten wir überlegen was wir machen, denn so kann es nicht weiter gehen. Scheinbar können wir irgendjemanden in unserem Umfeld nicht vertrauen, woher soll der Entführer sonst die Info haben, dass du nicht aufgehört hast zu ermitteln? «

«Da hast du Recht. Ich werde auf jeden Fall aufhören zu ermitteln, nicht, dass Liam noch mehr zustößt oder er sogar umgebracht wird, wer weiß wie weit der Täter noch gehen würde. Jedoch muss irgendwer weiter ermitteln, damit wir ihn endlich zurück bekommen! «

«Wie wäre es, wenn wir uns zurückziehen und einen Privatdetektiv aus einem anderen Ort kontaktieren, der für uns weiter recherchiert, sodass es möglichst nicht auffällt?«, äußert Felix eine Idee zum weiteren Vorgehen.

«Das klingt gut. Ich werde heute Abend mal im Internet schauen welche Detektive es in der Nähe gibt und für morgen einen Termin ausmachen. «

Um keine Zeit zu verlieren setzt sich Nina direkt vor den Computer und sucht einen guten Detektiv raus, bei der sie schon für den nächsten Morgen einen Termin ausmacht, um alle Einzelheiten zu besprechen.

Am nächsten Morgen steht Nina besonders früh auf, damit sie nicht zu spät zu Frau Weimar kommt, der Detektivin, mit der sie gestern schon kurz telefoniert hat, um einen Termin für heute zu vereinbaren.

«Felix hättest du Zeit mitzukommen? Ich mag nicht ganz alleine über die Situation sprechen, dafür fühle ich mich mittlerweile zu schwach? «

«Klar komme ich mit, es betrifft schließlich uns beide.«

Die beiden ziehen sich ihre Schuhe an und fahren mit dem Fahrrad zu dem Büro von Frau Weimar.

Diese begrüßt sie direkt und bietet ihnen etwas zu Trinken an, bevor sie sich in das gemütliche Büro setzen.

« Zu Beginn biete ich Ihnen an, dass sie mich Colleen nennen können und würde gerne nochmal die ganze Geschichte hören, « fängt die Detektivin das Gespräch an.

Damit seine Mutter es nicht alles erzählen muss übernimmt Felix diesen Part, auch wenn es ihm ebenfalls schwer fällt von der Entführung zu berichten.

Während seines Berichtes macht sich Colleen einige Notizen auf ihrem Schreibblock. Sie blickt kurz auf, um eine Frage zu stellen:

«Habt ihr eine Idee wer Liam und das Mädchen entführt haben könnte? «

Nun bringt Nina sich auch mit ein:

«Nein es ist uns ein Rätsel. Was wir als Polizei jedoch schon herausfinden konnten ist, dass der Täter aus Neuenburg kommen muss, was den Kreis der Verdächtigen stark eingrenzt. «

«Das ist für mich gut zu wissen, dann kann ich mich auf diesen Ort begrenzen. Ich werde die kommende Zeit viel draußen unterwegs sein und jeden beobachten. Wenn etwas Neues passiert oder sie etwas Neues erfahren, dann geben Sie mir bitte umgehend Bescheid. «

Zur Verabschiedung drückt Colleen Felix ihre Visitenkarte in die Hand.

Wieder an der frischen Luft atmen die beiden erst einmal tief durch und sehen sich etwas hoffnungsvoller an. Doch dieser Moment hält nur kurz an.

Zitternd hockt er in der Ecke des dunklen Raumes und fixiert mit seinen Augen permanent die Tür, durch die sein Entführer verschwunden ist. Um seinen Finger befindet sich ein Druckverband, schließlich hat er schon Unmengen an Blut verloren.

Wo soll das alles noch hinführen und womit hat er es verdient so zu leiden und solche Todesangst zu durchleben?

Er fragt sich wie es Luna ergeht, ob sie verschont wurde oder ob ihre Eltern auch ein Paket erwarten?

Er schmeckt leichten, salzigen Geschmack auf seinen Lippen und fällt mit diesem Geschmack im Mund in einen unruhigen Schlaf.

Trotz aller Umstände darf sie die Schule nicht vernachlässigen, also schnappt sie sich ihre Schulsachen und setzt sich an die Hausaufgaben der Woche. Die Aufgaben aus dem Mathe Unterricht kann sie ohne Felix Hilfe vergessen, somit beginnt sie mit dem Aufsatz in Deutsch.

Tief in ihren Gedanken versunken merkt sie erst gar nicht, dass ihr Handy klingelt. Ohne zu schauen wer sie anruft geht sie ran:

«Hallo wer ist da? «

«Du musst unbedingt ins Krankenhaus kommen! Mama ist was zugestoßen! «

Ohne noch groß was zu sagen macht Freya sich auf den Weg zu Felix und seiner Mutter.

Nina liegt auf einer harten Behandlungsliege des Krankenhauses und wartet mit Felix darauf, dass der diensthabende Arzt zu ihnen kommt.

Ihr Körper schwitzt immer noch und sie fühlt sich komisch. Auch brennen die Schürfwunden, die sie abbekommen hat, als das Auto sie leicht angefahren hat.

Ihr Sohn schaut sie mit besorgtem Blick an und hat sie seither keinen Moment aus den Augen gelassen. Er nimmt ihre Hand und drückt sie ganz fest.

Vermutlich ist es für ihn gerade ein Alptraum. Seit Wochen ist sein Bruder in den Händen eines brutalen Entführers gefangen und nun ist seine Mutter auch noch im Krankenhaus.

Die Tür geht auf und ein Arzt in einem weißen Kittel betritt den Raum und macht sich dabei einen ersten Eindruck von Nina und ihrer körperlichen Verfassung.

«Guten Tag, berichten Sie mir doch als erstes Mal aus Ihrer Sicht was vorgefallen ist! «

«Ähm ich… ich… ,« zögert Nina.

Felix schaut sie beruhigend an und macht dem Arzt deutlich, dass er für seine Mutter sprechen wird.

«Wir waren zusammen unterwegs und wollten wieder nach Hause gehen. Da äußerte meine Mama, dass ihr schwindelig sei und sie wackelig auf den Beinen sei. Kurz danach taumelte sie Richtung Straße und wurde von einem Auto angefahren. «

Der Arzt betrachtet die Schürfwunden, säubert diese und versorgt sie mit Pflastern.

«So das Erste hätten wir erledigt. Jetzt würde ich Ihnen gerne Blut abnehmen, um nach einer Ursache für Ihre Symptome zu suchen. Bis wir die Ergebnisse haben warten Sie hier, sodass wir diese direkt besprechen können und Sie sicher sind, falls es Ihnen erneut schlecht gehen sollte. «

Nina stimmt zu und begibt sich, nach der Blutentnahme, zusammen mit Felix in den Warteraum.

Colleen liest sich gründlich ihre Notizen zu ihrem neuen Fall durch, damit sie überlegen kann wie sie weiter vorgehen soll.

Dies ist der bisher schrecklichste Fall den sie bekommen hat. Normalerweise melden sich nur Leute bei ihr, die vermuten dass der Partner fremdgeht oder die Opfer von Sachbeschädigungen wurden.

Sonst redet sie mit niemand, der in den Fällen involviert ist, doch bei diesem Fall entscheidet sie sich dafür die Eltern von dem vermissten Mädchen aufzusuchen, um auch von ihnen ein paar Informationen zu bekommen. Somit steigt sie in ihr Auto und fährt nach Klein Steinen.

Dort angekommen klingelt sie an der Haustür von der Familie und wartet darauf, dass ihr die Tür geöffnet wird. Ein großer Mann öffnet ihr nach einiger Zeit die Tür und mustert sie von oben bis unten.

«Wer sind Sie und was wollen Sie von mir? «, schreit der Mann sie direkt an. Er dreht sich schon von ihr weg, um wieder rein zu gehen, doch dies lässt Colleen nicht einfach so zu.

«Ich bin Privatdetektivin, bitte warten Sie! «, erwidert sie schnell, damit ihr Plan nicht platzt. Mit Erfolg.

Der Vater von Luna dreht sich erneut um und bittet Colleen ihm in das Haus zu folgen. Auf dem Boden liegt überall Müll rum und in der Luft schwirren ganz viele kleine Fliegen rum. Colleen schaut vor jedem Schritt auf den Boden, um nicht auf irgendeinem Dreck zu treten oder über Müll zu stolpern. In der Küche angekommen setzt sie sich auf einen Holzstuhl und bekommt ein Glas Wasser hingestellt.

«Sie können von Glück reden. Eigentlich lassen wir keinen mehr in unser Haus rein, da wir jedem misstrauen müssen. «

«Ich bin Ihnen sehr dankbar für ihr Vertrauen. Wie gesagt bin ich Detektivin und ich arbeite für die andere Familie, die von dem Entführer Opfer geworden ist. Jetzt wollte ich Sie fragen was genau mit Ihrer Tochter passiert ist und was Sie allgemein zu ihr sagen können? «

Während ihrer Worte kramt Colleen ihren Notizblock hervor, indem sie alle wichtigen Informationen zu ihren Fällen festhält.

Der Mann lässt sich auf einen Stuhl fallen.

«Dann fange ich mal an zu erzählen. «

Freya betritt den Warteraum des Krankenhauses und sucht Felix und seine Mutter. Als sie sie erblickt beeilt sie sich zu den beiden zu gehen.

«Was ist genau passiert und wie geht es dir jetzt? « fragt sie mit besorgter Stimme.

Felix berichtet ihr von dem kleinen Unfall und dem aktuellen Stand der Dinge. Sie beschließt gemeinsam mit den beiden auf Neuigkeiten zu warten.

Eine halbe Stunde später kommt der Arzt von der Aufnahme wieder auf sie zu. Er hält einen Zettel in der Hand, auf dem vermutlich die Blutergebnisse vermerkt sind.

«Wir haben Ihre Ergebnisse vom Labor erhalten, diese würde ich gerne im Behandlungszimmer mit Ihnen und Ihrem Sohn besprechen. Ihre Begleitung muss in der Zeit kurz hier warten. «

Zu dritt begeben sie sich in das Behandlungszimmer, indem sie vorhin schon die ersten Untersuchungen gemacht haben. Nina setzt sich erneut auf die Behandlungsliege und wartet gespannt auf die Auswertung der Untersuchung.

«So ich werde nun die Ergebnisse und das weitere Vorgehen mit Ihnen besprechen. «

Bevor er weiter spricht macht er eine Pause und schaut auf den Zettel in seiner Hand.

«Also ich muss Ihnen mitteilen, dass wir keine Auffälligkeiten finden konnten und somit eine körperliche Ursache ausgeschlossen werden kann. Kann es sein, dass ihr gesundheitlicher Zustand psychisch ausgelöst wurde? Alle Symptome deuten auf eine Panikattacke hin. «

Der Arzt schaut sie emphatisch an, damit sie Vertrauen aufbaut und ihm offen von ihren Problemen erzählen kann.

Nina berichtet unter Tränen von der Entführung ihres jüngsten Sohnes und dass sie dadurch wahnsinnige Angst hat, da jeder der Täter sein könnte und sie vielleicht stalken könnte.

Daraufhin beschließen sie alle gemeinsam, dass es eine gute Idee wäre Nina fürs Erste im Krankenhaus zu behalten. Dort ist sie in Sicherheit und kann sich von dem ganzen Stress erholen, soweit dies überhaupt möglich ist.

Freya und Felix sprechen sich ab, um zu klären, dass möglichst immer jemand von ihnen bei Nina ist, damit sie keine Langeweile hat, in der sie sich nur noch mehr Gedanken machen kann.

Als er aufwacht bemerkt er, dass er sich in einem anderen Raum befindet. Überall hängen Spinnenweben und der Boden sieht auch nicht sonderlich sauber aus. Beim Aufsetzen merkt er den Schmerz in seinem Finger immer noch.

«Um Himmels Willen was ist dir denn zugestoßen? « ruft Luna mit weit aufgerissenen Augen.

«Er hat mir einen Teil des Fingers abgeschnitten und ihn in ein Paket gelegt, welches er meiner Familie schickt. Geht es dir gut oder hat er dir auch irgendetwas angetan? «

«Wie grausam! Mir hat er zum Glück nichts getan, ich hoffe das bleibt auch so. «

Sie fängt an zu zittern und ein paar Tränen laufen ihr das Gesicht hinunter.

«Wenigstens hat er uns wieder in einen gemeinsamen Raum gebracht, sodass wir miteinander reden können. Wir müssen uns irgendeinen Plan einfallen lassen, wie wir hier raus kommen. « Liam zerbricht sich den Kopf ohne auf eine gute Idee zu kommen. Genau so ergeht es Luna auch und die beiden verlieren erneut die Hoffnung auf ein Ende ihrer Situation.

ZEHN

«Unsere Tochter, Luna, ist seit mehreren Wochen verschwunden. Sie hat auf der Straße gespielt und war auf einmal weg. Wir hörten sie schreien, doch als wir zur Straße rannten war es schon zu spät. Seitdem haben wir kein Lebenszeichen mehr von ihr bekommen. «

«Das tut mir sehr leid für sie. Ich gebe mein Bestes ihre Tochter und das andere Opfer zu finden. Könnten Sie mir nun noch ein paar allgemeine Informationen zu ihrer Tochter geben, dann kann ich beide Fälle miteinander vergleichen, um Gemeinsamkeiten zu finden. Dabei hilft mir jede Information, die ich habe, « erwidert Colleen.

Lunas Eltern sind gerne dazu bereit und erzählen Colleen noch einiges zu dem Mädchen. Auch dies notiert sie, damit sie später alle Informationen auswerten kann.

Zurück in ihrem Büro schnappt sie sich auch die Notizen zu Liam und legt sie neben die von Luna.

Gründlich studiert sie alle Fakten, die sie nun vor sich liegen hat und überlegt, ob diese etwas bedeuten könnten. Mit einem Mal kommt ihr ein Gedanke. Beide Kinder besuchen die Schule in Neuenburg, vielleicht hat die Schule damit zu tun. Colleen beschließt Felix davon zu berichten und in ein paar Tagen mal die Schule zu besuchen, damit sie sich dort umgucken und umhören kann.

Es klingelt an der Haustür. Felix öffnet gespannt die Tür und sieht in das Gesicht der Privatdetektivin.

«Was machen Sie denn hier, gibt es Neuigkeiten? «

«Oh ja, ich habe herausgefunden, dass Luna auf dieselbe Schule wie Liam geht. Ich vermute daher, dass die Schule irgendwie mit ihrem Verschwinden zusammen hängt. Ich werde übermorgen zur Schule fahren und dort ermitteln. «

Felix bedankt sich für diesen Fortschritt und informiert direkt seine Freundin Freya und auch Finn informiert er.

Liam nimmt all seine noch vorhandene Kraft zusammen und teilt seine Idee mit Luna.

«Es bringt nichts, wenn wir hier so hoffnungslos verharren. So kommen wir hier nie raus. Lass uns den Raum ein wenig untersuchen, vielleicht finden wir eine Möglichkeit zu fliehen. «

Luna bemüht sich, auch Optimismus zu finden und steht auf, um sich in dem kleinen Raum umzusehen. Sie beginnt damit sich das Raumkonzept genauer anzusehen.

Von dem Raum gehen zwei Türen ab. Die eine ist eher klein und versteckt. Sie sieht aus wie eine Tür eines Abstellraumes. Die andere Tür ist mit Milchglas ausgestattet, sodass man leicht hindurch sehen kann. Hinter ihr lassen sich Kübel erahnen. Ob es irgendwelche Kisten, Tonnen oder auch Pflanzentöpfe sind lässt sich nicht genau erkennen.

Liam möchte versuchen einen Blick nach draußen zu werfen. An einer Wand entdeckt er zwei kleine Fenster, jedoch sind sie zu hoch für ihn, sodass er nicht hindurchschauen könnte.

«Ich glaube uns bleibt nur über ihn zu überwältigen und dann raus zu rennen, « flüstert Liam enttäuscht.

«Mist, sie ist uns auf den Fersen! Ich glaube es wird Zeit den endgültigen Plan umzusetzen. Kannst du mir die fehlenden Sachen noch organisieren, dann bereite ich währenddessen alles weitere vor. «

«Natürlich ich besorge alles und du solltest dich dann auch noch um sie kümmern, bevor es schon zu spät ist. «

Der Entführer nickt und macht sich schleunigst auf den Weg in seine Garage, schließlich benötigt er erneut seinen Werkzeugkoffer, doch dieses Mal braucht er ihn nicht für Liam.

Dort angekommen öffnet er den Werkzeugkasten und überlegt welches er davon am besten nutzen kann. Schlussendlich nimmt er den Hammer und ein großes Messer mit und macht sich auf den Weg zu seinem aktuellen Feind.

Colleen schließt ihr Büro auf und setzt sich an ihren Schreibtisch. Bevor sie anfängt ihre Recherchen auszuwerten nimmt sie sich eine Tasse Kaffee und atmet tief durch.

Sie hätte niemals gedacht, dass sie eines Tages so einen großen Fall bearbeiten wird und es um das Leben von zwei Kindern gehen wird.

Plötzlich hört sie ein lautes Geräusch. Laut ihrem Gehör kommt es aus Richtung ihrer Eingangstür, somit beschließt sie zur Tür zu gehen und zu schauen was es mit dem Geräusch auf sich hat.

Als sie die Tür aufmacht kann sie nichts sehen und ist dabei die Tür wieder zu schließen. Doch dazu kommt es nicht. Bevor sie dies machen kann spürt sie einen Schlag am Kopf und sinkt zu Boden.

E L F

«Freya kommst du mit zu Colleen? Ich habe gleich den Termin mit ihr, bei dem wir besprechen möchten was sie in der Schule herausgefunden hat. «

«Natürlich, ich unterstütze dich so gut es geht. «

Die beiden machen sich pünktlich auf den Weg zu dem Detektivbüro. Als sie klingeln öffnet ihnen niemand die Tür. Das ist äußerst merkwürdig.

«Schau mal Felix, die Tür steht einen Spalt offen. Lass uns sonst reingehen und nach ihr schauen. «

Nach wenigen Schritten erstarren die beiden und können ihren Augen nicht glauben. Auf dem Boden, vor den beiden, erstreckt sich eine Blutlache, in der die regungslose Colleen liegt. Felix traut sich nach ihrem Puls zu tasten. Jedoch schüttelt er nur noch mit dem Kopf.

«Wir müssen die Polizei rufen, scheinbar ist sie Opfer einer Gewalttat geworden. Und wir sollten zur Schule fahren, ich habe keine Zweifel daran, dass es an den Ermittlungen dort liegt, dass sie nun tot ist, « bemerkt Freya schockiert.

Nachdem die Polizei vor Ort aufgetaucht ist, die Spurensicherung informiert hat und die beiden befragt hat, dürfen sie gehen. Direkt machen sich Freya und Felix auf den Weg zur Schule. Dort möchten sie sich umsehen und herausfinden, was Colleen hier herausgefunden haben könnte.

Sie haben sich abgesprochen und beschlossen die nächste Möglichkeit zu nutzen, in der der Täter in den Raum kommt. Jetzt heißt es Daumen drücken. Wenn sie die Möglichkeit nicht nutzen, sieht es sehr schlecht für die beiden aus.

Von draußen ertönen Schritte, die sie aufhorchen lassen. Liam und Luna machen sich bereit.

Liam stellt sich ganz dicht an die Tür, um den Täter direkt zu überfallen, sobald er den Raum betritt. Luna hingegen steht weiter mittig im Raum und stürmt dazu, wenn Liam ihn gepackt hat. Die beiden möchten ihn in seine untere Mitte treten und den Moment des Schmerzens nutzen, um aus dem Gebäude zu rennen.

Die Luft ist zum Schneiden dick, so angespannt sind die beiden Kinder. Mit einem Mal wird die Tür aufgeschmissen.

Das ist der ersehnte Moment!

Liam klammert sich an den Oberkörper von seinem Entführer und schaut erwartungsvoll zu Luna rüber.

Doch diese steht, wie aus Stein, am Fleck und bewegt sich nicht. Ihre Wahrnehmung scheint ebenfalls versteinert zu sein, denn es vergehen wertvolle Sekunden, die sie nun alle verlieren und ihre Flucht aufs Spiel setzen.

Liam spürt eine Hand auf seinem Gesicht, welches prompt zu brennen anfängt.

Wenige Augenblicke später kann er sich nicht mehr bewegen. Seine Hände und Beine sind mit Kabelbindern festgemacht und Klebeband ist auf seinem Mund befestigt.

Das Erste was Luna wieder bewusst wahrnimmt sind Schmerzen an ihren Handgelenken, doch sie weiß nicht woher diese stammen.

Als ihr Verstand noch weiter zurück kommt, bemerkt sie, dass ihre Hände hinter ihrem Rücken festgebunden sind. Auch ihre Beine sind aneinander gemacht. Das wollte sie nicht erreichen, aber auf einmal überkam sie die Angst. Sie konnte dem Täter einfach nicht weh tun, einmal weil sie sich unterlegen gefühlt hat und einmal weil sie ihn kennt.

Im Augenblick herrscht wieder Stille und der Entführer scheint gegangen zu sein. Er ist nach dieser Aktion sicherlich stinksauer und wird sich eine Strafe überlegen. Hauptsache diese fällt nicht zu gewaltsam aus, Liam reicht schon die fehlende Fingerkuppe.

Auf dem Weg zur Schule beratschlagen sich die beiden Jugendlichen.

«Felix wo sollen wir denn gleich nachschauen und was denkst du hat Colleen herausgefunden? «

«Ich weiß nicht was sie herausgefunden hat und kann mir auch nichts zusammen reimen. Da es schon Abend ist bleiben uns nur das Außengelände und die Fenster zum Reinschauen. Zur Not müssen wir morgen Früh versuchen uns drinnen umzuschauen und mit ein paar Leuten zu reden. «

Auf diese Vorgehensweise einigen sich die beiden und beeilen sich den restlichen Weg zum Schulgelände zu gehen. Dort angekommen begeben sie sich zuerst zum Hauptgebäude und schauen durch alle Fenster der Vorderseite hindurch. Hinter ihnen herrscht Dunkelheit und man sieht nicht so viel. Hier scheint nichts Außergewöhnliches zu sein. Es ist aber auch schwer etwas zu finden, wenn man absolut keine Idee hat wonach man überhaupt suchen soll.

Beim Rumgehen um den Gebäudekomplex fallen ihnen ein lautes Knistern und ein komischer Geruch auf. Prompt fangen sie an zu rennen, um sich zu vergewissern was die Geräusche und den Geruch auslöst. Als sie im Pausenhof ankommen sehen sie, dass das Gewächshaus in Flammen steht.

Instinktiv begeben sie sich zu dem Gebäude und suchen nach einem Eingang, um im inneren nach Personen zu schauen, schließlich war vor kurzem noch die Garten-AG.

Zu ihrem Glück steht eine Hintertür einen Spalt breit offen, somit können sie von dort aus in das kleine Gebäude gelangen. Drinnen fällt ihnen auf, dass sämtliche Pflanzenkübel vor eine Tür abgestellt wurden. Vermutlich handelt es sich um einen Abstellraum für sämtliche Materialien, die man in der AG benötigt. Daher schauen sie ganz schnell in die anderen Räumlichkeiten, in denen sich niemand befindet. Als sie sich gerade wieder nach draußen in Sicherheit begeben wollen hören die beiden ein leises Wimmern, welches aus Richtung der Pflanzenkübel kommt.

Freya schmeißt achtlos die Pflanzen weg, die auf dem Boden kaputt springen. Das ist nun egal, es könnte sein, dass sich doch noch ein Mensch oder Tier in dem versteckten Raum befindet. Als sie die Türklinke nach unten drückt tut sich nichts, es scheint abgeschlossen zu sein. Ihr bleibt nichts anderes über als die Tür einzutreten.

Also nimmt sie Anlauf und mit einem Knacken durchbricht die Tür. Sie traut ihren Augen nicht, das kann doch nicht wahr sein, oder doch?

ZWÖLF

«Liam», mehr als ein Flüstern bringt sie nicht raus, denn ihre Stimme versagt voller Freude über diesen Erfolg.

«Felix komm wir müssen die beiden befreien! «

Sie zerschneiden die Kabelbinder und rennen erst einmal aus dem brennenden Gewächshaus heraus.

Draußen befreien sie Liam und Luna auch von dem Klebeband, welches noch immer über den Mund geklebt war.

Felix nimmt seinen kleinen Bruder so fest in den Arm, wie er es noch nie getan hat.

«Bin ich froh dich wieder zu haben! Wisst ihr wer euch das angetan hat? «

«Ja wir kennen den Entführer alle nur zu gut. Es ist…,«
bevor Liam weiter reden kann hören sie Schritte hinter
sich und drehen sich um.

Hinter ihnen steht ein junger Mann, den ein Teil von
ihnen gut kennt. Dieser hält einen Benzinkanister in der
Hand und ist unauffällig bekleidet, damit er nicht aus der
Menge heraussticht.

«Finn was machst du denn hier? Sag nicht du bist der
Entführer und hast dich extra mit uns befreundet? « schreit
Felix ihn an.

Bevor dieser antworten kann schrecken alle
Anwesenden hoch. Aus dem Feuer ertönen höllisch laute
Schreie.

«Das ist Herr Winter, er ist der Entführer, « äußert sich
Luna auch mal zu Wort. «Wir müssen die Feuerwehr
anrufen, um ihn noch daraus zu retten«

Zusammen mit der Feuerwehr erscheint auch die Polizei auf dem Grundstück der Schule. Die Polizisten nehmen Finn erst einmal fest, da er verdächtigt wird mit an der Entführung beteiligt zu sein.

Die Feuerwehr zieht ihre komplette Schutzausrüstung an, damit sie im brennenden Gebäude nach Herr Winter suchen kann, um ihn zu befreien.

Nach einigen Minuten kommen sie wieder heraus, auf ihren Armen tragend Herr Winter, der sich nicht bewegt. Sie gehen auf die Polizisten zu und teilen ihnen mit, dass sie Herr Winter nicht rechtzeitig befreien konnten. Das schockiert auch die Kinder und Jugendlichen, schließlich war es ihr Lehrer, aber auch ihr Entführer.

Die beiden Opfer und auch ihre Angehörigen werden ins Krankenhaus gebracht, um dort untersucht zu werden und psychologische Hilfe zu bekommen.

Dort wird auch Nina über das Auftauchen ihres Sohnes informiert. Sie ist überglücklich und beschließt in wenigen Tagen wieder nach Hause zu gehen.

Am nächsten Nachmittag wird Finn in einen Verhörraum gebracht, um dort seine Aussage zu tätigen. Glücklicherweise hatte er die Nacht Zeit sich Gedanken zu machen, was er der Polizei sagen kann.

Mathias betritt das Zimmer und setzt sich auf den gegenüberliegenden Stuhl.

«Dann erzähle mir mal bitte was du gestern Abend bei der Schule gemacht hast und warum du einen Benzinkanister in der Hand hattest! Am besten sagst du direkt die Wahrheit, dann fällt deine Strafe nicht so hart aus. «

«Na gut ich gebe es zu. Ich habe Herr Winter bei der Entführung unterstützt. Ich habe mich mit Freya und Felix befreundet, das hat er gemerkt und mich dann irgendwann angesprochen und gefragt ob ich ihm helfen würde.

Später haben wir uns ab und an getroffen und ich habe ihm den aktuellen Stand gegeben. Also ob sie etwas wissen oder ob sie einen Verdacht haben. So wollte er verhindern, dass er auffliegt. Doch dann kam Colleen dazwischen und er musste sie töten. Währenddessen habe ich den Brand vorbereitet, darum hatte ich auch den Kanister in der Hand. «, Finn atmet tief aus. Endlich kann er sein Schweigen brechen.

«Und warum hast du dich entschieden ihm zu helfen? Das würde man doch im Normalfall nicht einfach so machen, « fragt Mathias weiter nach, um das Motiv herauszufinden.

«Wir haben eine Gemeinsamkeit von der niemand weiß. Ich habe meine Eltern ja bei einem Unfall verloren und bin auf mich alleine gestellt, genauso geht es Herr Winter auch, darum habe ich ihm geholfen. Seinem Vater gehörte die Burg im Wald. Er wollte sie sanieren und war drinnen am arbeiten. Da kamen zwei Kinder, die gespielt haben und dabei ein Feuer gelegt haben. Sein Vater ist leider verstorben und Herr Winter kam nie darüber hinweg, sodass er sich an zwei Kindern rächen wollte und sie deswegen auch verbrennen lassen wollte. Letztendlich ist er auch wie sein Vater gestorben. «

Das Geständnis von Finn wird ausführlich dokumentiert und dann einem Richter vorgelegt, der eine angemessene Strafe finden muss. Wenige Tage später bekommt Finn das Urteil. Da er nur unterstützend tätig war und es mit seinen traurigen Erlebnissen und Umständen zusammen hängt, muss er nur für ein paar Wochen in einem Wohltätigkeitsverband arbeiten und zusätzlich eine Therapie gegen sein Trauma machen.

DANKSAGUNG

Nach ungefähr anderthalb Jahren sitze ich nun vor meinem Laptop und habe das erste Manuskript fertig geschrieben. Es fühlt sich echt verrückt an und hat unheimlich viel Spaß gemacht. Um euch das Beste zu bieten überarbeite ich das Manuskript in den nächsten Wochen noch einmal. Doch diese Worte möchte ich schon jetzt schreiben, um euch an meinem Projekt teilhaben zu lassen.

Schon als Kind habe ich selber gerne gelesen. In der Grundschulzeit fing es dann auch mit den eigenen Texten an. Ich schrieb erste kurze Geschichten und wäre zu einem mehrtägigen Schreibworkshop gefahren, wenn meine Lehrerin sich darum gekümmert hätte, doch sie schickte die Anmeldung nicht weiter. In der Jugend ging das Schreiben irgendwann privat unter. Aber die Aufsätze in der Schule machten immer Spaß und wurden auch immer gut bewertet und der Klasse vorgelesen. Als junge Erwachsene fing ich dann vor anderthalb Jahren wieder an mein altes Hobby aufleben zu lassen und was dabei rum gekommen ist kannst du vor dir in den Händen halten.

Da ich das Buch als Selfpublisherin veröffentliche, werden im Folgenden nicht viele Personen genannt, da ich alles alleine gemacht habe. Und das war zum Teil wirklich stundenlange Recherche und Arbeit, da ich mich mit dem Coverdesign und Buchblock vorher noch nie beschäftigt habe. Daher hoffe ich, dass euch die Gestaltung des Buches gut gefällt und man merkt mit wie viel Liebe ich es versucht habe zu gestalten. Jedoch möchte ich mich im Großen dafür bedanken, dass es heutzutage die Möglichkeit gibt eigene Texte zu veröffentlichen ohne einen Verlag zu haben. Dabei kann es dann auch ein Hobby sein, ohne es komplett ernst zu meinen. Damit meine ich, dass ich nicht viel Geld machen möchte, schließlich arbeite ich gerne als Heilerziehungspflegerin.

Zum Schluss müssen noch vier Personen genannt werden, ohne die ich dieses Buch niemals herausgebracht hätte. Als erstes meine Mama, die mir Tipps gegeben hat, wie ich das Buch, wenn es soweit ist, bewerben kann und die nach Rechercheergebnissen gefragt hat. Auch meine Schwester hat mir geholfen, indem sie immer mal drüber gelesen hat und ihre Meinung zum Inhalt geäußert hat. Ebenfalls mein Freund war eine große Stütze. Er hat ebenfalls den Inhalt gelesen und auf Sinnhaftigkeit überprüft. Grammatik und Rechtschreibung inklusive. Wobei er mir aber am meisten geholfen hat, sind die Namen der Charaktere (mir fällt es immer schwer Namen zu finden), ehrlich kaum ein Name im Buch stammt aus meinem Kopf!

Die letzte Person bei der ich mich bedanken möchte bist **DU**! Danke, dass du Selfpublishern eine Chance gibst und deren Bücher kaufst und liest. Ohne dich würde es auf jeden Fall weniger Spaß machen, denn ich glaube die Bindung zu den Lesern ist eine ganz andere. Behalte das gerne bei, so kannst du einige Menschen glücklich machen. Gerne kannst du mir dein persönliches Feedback zukommen lassen und dich mit mir über das Buch austauschen. Davon würde ich meine Stärken und Schwächen noch besser kennen lernen und falls ich nochmal ein Buch schreibe könnte ich diese dort umsetzten oder verbessern. Schreibe mir doch gerne auf Instagram eine Nachricht an: mywaytomybook!

Deine Lena